KB072731

레전드급 낙오자 6

홍성은 장편소설

초판 1쇄 찍은 날 § 2020년 6월 12일
초판 1쇄 펴낸 날 § 2020년 6월 19일

지은이 § 홍성은
펴낸이 § 서경석

총괄팀장 § 노종아
편집책임 § 강서희
디자인 § 소소연

펴낸곳 § 도서출판 청어람
등록번호 § 제387-1999-000006호
등록일자 § 1999. 5. 31
어람번호 § 제1-3058호

주소 § 경기도 부천시 부일로 483번길 40 서경B/D 3F (우) 14640
전화 § 032-656-4452 팩스 § 032-656-4453
http://www.chungeoram.com
E-mail § chungeorambook@daum.net

ISBN 979-11-04-92202-2 04810
ISBN 979-11-04-92131-5 (세트)

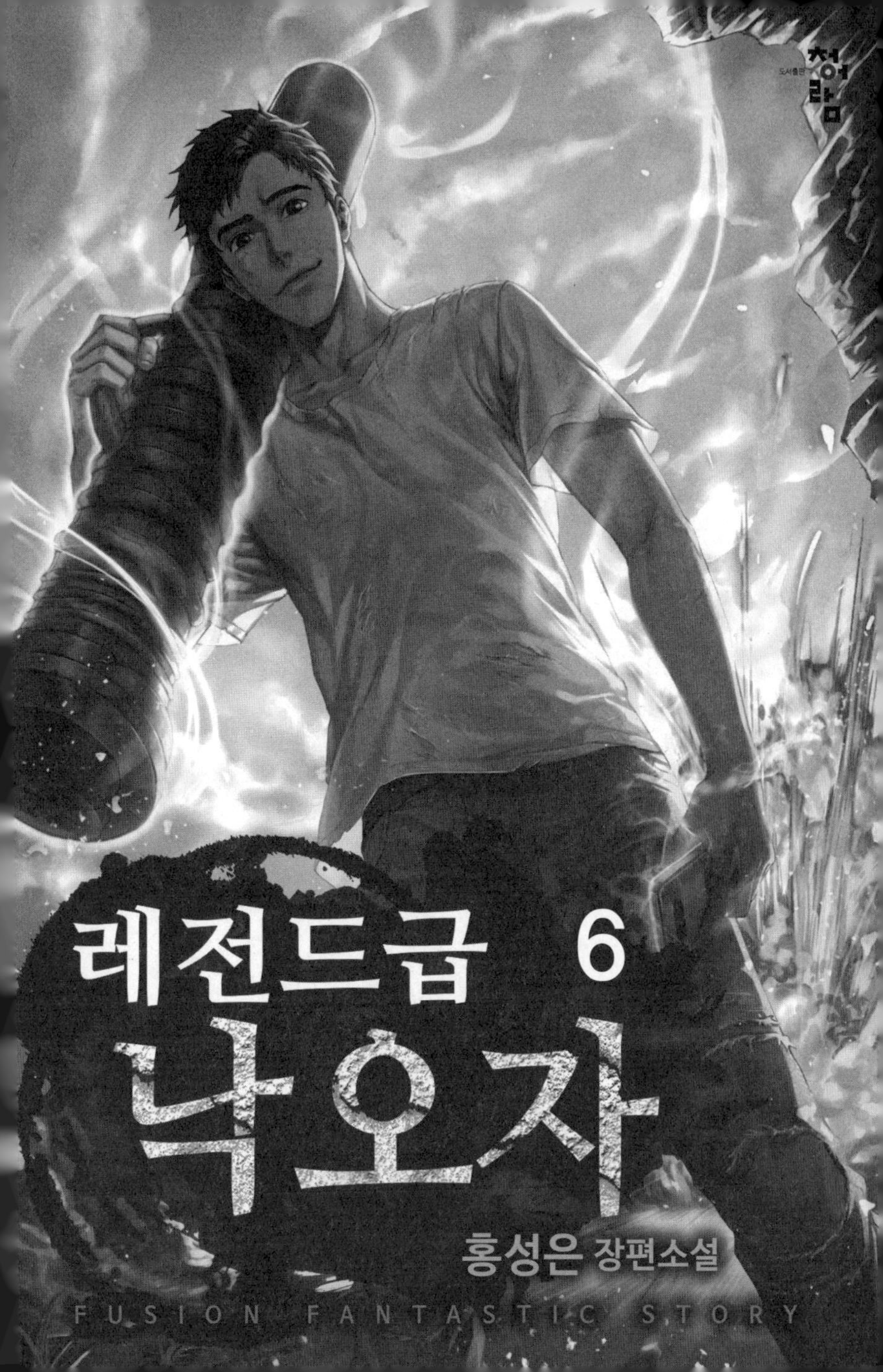
도서출판 청어람
레전드급 6
낙오자
홍성은 장편소설
FUSION FANTASTIC STORY

레전드급
낙오자

목차

Chapter 1

모든 장병들을 식당에 불러 모아 앉히고, 나는 야코프가 지
휘관용으로 따로 마련한 상석에 앉았다.

이 테이블에는 야코프와 부관, 그리고 6명의 크루세이더 사
단장들과 안젤라, 키르드, 케이, 테스카를 앉혔다.

"이 사람들은? 가족들인가?"

"뭐, 대충 그렇다고 쳐두지."

설명하기 굉장히 귀찮았기 때문에, 나는 대충 대답했다.
그러자 안젤라, 케이, 테스카가 일제히 웅성거리기 시작했고,
키르드는 얼굴을 빨갛게 물들였다. 아니, 이것들이? 나는 애
써 저들의 반응을 무시하고 인벤토리에 저장해 두었던 적당

한 2성 요리를 꺼냈다.

별거 없는 돼지고기 숙주볶음이었다.

"자, 다들 먹으라고!!"

내가 그렇게 외치자마자 [오병이어]로 인해 106인분의 요리가 식당 테이블 위에 주르르륵 나열되었다.

이 이적을 보고도 감탄사를 터뜨리지 않다니, 역시 교단의 크루세이더라고 해야 하나?

하지만 감탄사는 그 이후에 터졌다.

"정말 맛있군!"

돼지고기 숙주볶음은 2성 요리였음에도 불구하고, 야코프는 세상에서 이렇게 맛있는 건 처음 먹어본다는 듯 말했다. 무려 군단장이 말이다.

"그래도 군단장 정도면 꽤 세력가 아닌가? 맛있는 것 좀 먹어보고 살 것 같은데?"

"기본적으로 교단에서는 근검절약이 미덕일세. 미식 같은 호화로운 취미는 경원시당하지. 물론 그래도 뒤에서 숨어서 즐기는 놈들도 있긴 있지만, 병력을 이끄는 군단장이 모범이 안 되어서야 어떻게 하겠는가?"

야코프는 꽤나 강직한 군인인 모양이다. 내가 아는 어떤 나라의 군 고위직은 몰려다니며 골프나 치러 다니던데. 적어도 야코프는 그런 예에 포함되지는 않는 모양이었다.

그래서 술 먹이는 데도 고생 좀 했다. 두 번이나 권했다가 마지막에 독 같은 거 안 들었다고 투덜거렸더니 그제야 화들짝 놀라면서 더 이상 거절하면 예의가 아니라며 받았다.

…독보다 술이 더 무서웠던 모양이다.

이러면 술 권하는 내가 뭐가 돼. 하긴 술 억지로 권하는 것도 에티켓이 아니지. 아니지만 테스카의 특성을 발동시키려면 어쩔 수 없다. 나는 그냥 철판을 깔기로 했다.

"혹시 알콜 알러지라거나, 그런 거 있나?"

"그런 건 아니오."

그래도 혹시나 싶어서 물었더니, 야코프가 고개를 저었다.

"그저 군인 된 자로서 정신을 맑게 유지하고 싶을 뿐."

"그런가."

하긴 플레이어 출신한테, 그것도 군단장까지 올라온 군인한테 알콜이 뭐가 문제겠어. 강건 능력치가 10미만이면 모를까.

거칠 것 없어진 나는 내 앞의 술잔에 술을 꼴꼴꼴 따랐다. 그러자 테이블에 앉은 전원의 앞에 술이 찬 술잔이 짠 하고 나타났다.

"귀한 5성 술이야. 이것도 이럴 때 아니면 안 꺼낸다고."

나는 사기를 쳤다. 사실 내가 가진 술은 5성뿐인데 말이다.

"다들 들지. 건배!"

야코프가 술 한 모금을 조심스럽게 입에 머금었다. 그러다 야코프의 눈이 확 떠졌다.

"이, 이건……!"

내 요리를 맛봤을 때랑은 표현이 확 달라져서 조금 자존심 상하는걸. 하긴 5성 술과 2성 요리를 같은 선에 놓고 비교할 수는 없지.

"한 잔만 마시려고 했는데, 안 되겠군."

야코프가 날 향해 술잔을 내밀었다. 뻔뻔하긴. 나는 어이가 없어져 물었다.

"아니, 정신을 맑게 유지하려고 술 안 먹는 거 아녔어?"

내가 술을 안 줄 것 같으니, 야코프의 표정과 목소리가 돌변했다.

"딱 한 잔만 더……! 딱 한 잔만 더 주게!!"

"갑자기 무슨 알코올중독자처럼!!"

이 사람, 이런 사람이었던가. 술 먹기 직전까지의 이미지가 환상처럼 바스라진다. 그래서 한 잔을 더 부어줬더니 얼굴이 벌게져선 갑자기…….

"와하하하하하!!"

…하곤 길게 웃어젖혔다. 아무래도 그의 주사는 끊임없이 웃는 것인 듯했다.

항상 지휘관으로서, 군단장으로서 위엄을 보이기 위해 미소 이상의 감정 표현을 하지 않던 야코프가 크게 웃는 모습을 보고 그를 가장 가까이에서 보위해 왔다고 자부하던 그의 부 관조차 넋을 잃었다.

어쨌든 이로써 회식이라는 조건은 만족시켰다. 비록 테이의 특성 한계 때문에 우리 테이블에 앉은 12명에게만 효과가 발휘됐지만 만족할 만했다.

―야코프의 고유 특성, [나 혼자 두 배로(Double Rumble)]의 효과를 얻습니다.

다름이 아니라 이 야코프란 남자가 말도 안 되는 사기 특성을 갖고 있었기 때문이다.

경험치를 받을 때도 두 배, 버프를 받을 때도 두 배 효과. 밥도 다른 사람의 반만 먹어도 허기가 완전히 채워지고 충분한 양분을 얻을 수 있다는 말도 안 되는 특성! 교단의 군단장 정도 되려면 이 정도 사기 특성은 갖고 있어야 되는 건가?

"어… 이거 뭐야. [한계돌파]? [미식의 대식가]? 이거 완전 사기잖아? 와하하하하!!"

야코프는 나랑 보는 관점이 다른 듯, 그렇게 외쳤다.

"긍정적 특성의 공유야. 서로 간의 시너지라는 건 이런 걸 말한 거지."

나는 아직 술이 남은 술잔을 휘휘 돌려 소용돌이를 일으키며 훗 웃어줬다. 이럴 때는 허세도 중요한 법이다. 특히 인간관계에서는 말이다. …아니, 솔직히 몇백 년이나 튜토리얼에 혼자 갇혀 있어서 잘은 모르겠지만. 어쨌든!

"좋군, 좋아! 술만 먹어도 경험치를 얻을 수 있다니! 말도 안 되는 능력이로군! 우오어, 크루세이더 21레벨이라니! 처음 밟아 보는 경지야! 이 나이 먹고 스킬 포인트를 또 얻게 되다니! 와 하하하하!!"

놀란 건 웃느라 바쁜 야코프뿐만이 아니었다. 부관을 비롯한 테이블에 앉은 6명의 크루세이더들이 모두 눈을 휘둥그레 떴다.

"한계돌파라니……. 이미 최종 직업의 만렙에 도달한 플레이어에게 있어 이보다 더 군침 도는 특성은 없습니다. 괜히 혼자서 크루세이더 군단을 상대하는 걸물이 아니로군요."

5성 술 두 잔을 얻어먹고서도 아직 취하지 않은 건지, 부관이 명료한 말투로 그렇게 말했다.

하긴 야코프가 너무 빨리 취한 거긴 하지. 취기도 두 배로 빨리 받아먹어서 그런가. 아, 아니지. 그랬으면 우리도 특성 공유로 같이 취했을 테니. 그냥 야코프가 술이 약하고 주사가 심한 거구나!

그런 결론에 이른 나는 더 이상 이 문제에 대해 고민하지 않기로 하고 다음 요리를 돌렸다.

경험치가 2배로 들어오는데 이 기회를 놓치면 안 되지!

"이번엔 아껴둔 3성 요리다!! 받아먹어랏!!"

*   *   *

야코프의 [나 혼자 두 배로]라는 특성은 정말 사기였다.

우선 회식 조건을 달성하고 긍정적 효과를 공유한 후에 [오병이어]를 썼더니 요리가 두 배로 불어났다. 음식을 나눠준 내 앞에도 음식이 두 배가 됐다. 뭐야, 이거?

그런데 이걸로 끝인 게 아니었다. [즐거운 회식] 효과를 보는 인원도 두 배로 늘어나, 테이블 두 개를 붙일 수 있게 되었다.

게다가 내 소화력과 소화 효율을 높이는 특성인 [꿀떡꿀떡]의 효과도 두 배로 불려줘서, 얻는 경험치도 두 배가 되었다.

[미식의 대식가]도 두 배로 불어난 걸 감안하면 네 배, 음식의 양까지 늘어났다는 걸 생각하면 총 여덟 배의 효율이 나온다는 소리다.

더 이상 참을 수 없게 된 나는 BGM으로 5성 자동 연주 악보 '오늘의 고마운 한 끼'도 틀어버렸다. 마음 같아선 5성 명화 '천상의 맛'까지 꺼내고 싶었지만 이건 입장 인원 한계 때문에 어쩔 수 없다.

이걸로 무려 통상의 16배 효율로 경험치를 얻을 수 있게 됐다! 이런데 내 눈이 돌아버리지 않게 생겼는가?

하지만 내가 진짜로 돌아버리기엔 아직 타이밍이 조금 일렀다. 우리와 테이블을 붙여 앉은 크루세이더 중대장 중에 이런 특성을 지닌 이가 나타났기 때문이다.

[별 하나 더(One More Star)]

―희귀도: 특별(Special)

―등급: D랭크

―설명: 성급 평가가 붙는 결과물을 사용하거나 소모할 때, 별 평가 +1을 붙인다.

[주의!] 이 특성으로 얻는 결과물은 3성을 초과하지 못한다.

딱 보기엔 별로인 특성이다. 기껏해야 2성 요리를 3성 요리로 바꿔주는 것 밖에 못하니까. 이것도 충분히 대단하긴 하지만 한계가 존재한다는 점에서 좋은 평가를 줄 수는 없는 특성이라 할 수 있겠다.

그런데 여기에 [한계돌파]가 끼얹어지면? 게다가 거기에 [나 혼자 두 배]가 마무리 장식을 하게 되면?

원래 3성이 한계였던 쓰레기 특성이 한계돌파 하고 2배 효과를 얻으면서, 우리 앞에 놓인 3성 요리를 5성 요리로 탈바꿈시키는 말도 안 되는 상승효과가 일어났다!

그리고 [별 하나 더]의 효과는 요리에만 미치지 않았다. 5성 자동 연주 악보 '오늘의 고마운 한 끼'도 어디까지나 성급 평가를 받는 저작물! 이론상으로밖에 존재하지 않는 7성급 음악이 우리의 대뇌피질을 뒤흔들었다!!

"와!"

처음 이 사실을 시스템 메시지로 알게 됐을 때, 내가 보일 수 있었던 반응은 오직 그 한 음절뿐이었다. 온몸에 소름이 돋아서 뭐라고 말할 수도 없었다.

"군단장이 전달한다!"

그 순간, 야코프가 위엄 넘치는 목소리로 그렇게 소리쳤다.

"전 병력, 돌아가면서 지휘관 테이블에 앉도록!!"

크루세이더 12군단 주최, 시너지 특성 발굴 오디션의 개최를 알리는 개회사였다!!

* * *

비슷한 때.

악마 여왕은 브뤼스만으로부터 온 편지를 읽고 있었다.

"이번엔 백작급 셋을 요청하는 건가. 흐응."

악마 백작 셋이라면 어지간한 세계를 뒤엎어 버릴 정도의 전력이다. 아니, 사실 백작 하나만 있어도 세계는 뒤엎을 수 있다. 마계를 열면 되니까. 이런 큰 힘을 변경 세계에 투사하려는 브뤼스만의 속내를 여왕은 읽어낼 수가 없었다.

사실 이런 의문은 가질 필요가 없다. 그냥 브뤼스만이 하라는 대로 하면 된다. 그 인면독사가 뒤꽁무니로 뱉는 꿀물을 계속해서 받아먹고 살려면 그리해야 한다.

유일 교단은 전 차원의 패권을 잡은 거나 다름없는 세력이고, 그런 세력과 대결해서 오래 목숨을 부지할 생각을 해선 안 된다. 물론 대외적으로는 브뢰스만은 야인이지만, 그 남자가 교단과 주변 세력에게 행사하는 영향력은 허세가 아니다.

"흐음."

그러나 악마 여왕은 잠시 생각한 후, 편지를 그 자리에서 찢어버렸다.

그 편지를 가져온 파발인 날개 뜯긴 옛 천사가 새파랗게 질린 채 시선을 돌려 그런 여왕의 행동을 못 본 척하고 있었다.

"그 인면독사의 사냥감이 어떤 존재인지 알게 된 이상, 그놈이 활개 치고 난장을 쳐대게 내버려 둘 수 없지."

악마 여왕은 옥좌에서 일어났다. 그리고 홀을 잡아채 머리 위로 들어 올리며 위엄 있는 목소리로 이렇게 외쳤다.

"여왕, 비토리야나 에르제베트가 명한다! 제1 악마 함대의 출정을 준비시키도록."

악마 여왕, 비토리야나는 입술을 한 번 핥은 후 고혹적인 목소리로 이렇게 덧붙였다.

"여왕이 친정에 나서겠다."

그 말을 들은 날개 뜯긴 옛 천사는 소스라치게 놀라며 여왕의 접견실에서 뛰쳐나가려 했다. 그러나 문은 열리지 않았다. 여왕 앞에서 그러한 무례를 저지른 불쌍한 옛 천사에게, 여왕은 자비롭게도 화 한 번 내지 않은 채 이렇게 말했다.

"너는 여기 머물러 줘야겠다. 우리 함대의 출정이 외부에 알려지면 곤란하거든."

옛 천사는 문고리를 잡은 채 그 자리에 허물어져 내렸다. 자신이 어떤 생각을 하는지, 이 여왕이 전부 알고 있을 거라는 피해망상에 빠져, 주저앉은 채 부들부들 떨었다.

그러나 비토리아나는 그런 천사의 모습을 외면한 채, 옥좌의 맞은편에 걸린 초상화를 바라보며 황홀한 눈동자로 중얼거렸다.

"조금만 기다려요, 내 사랑."

초상화에 그려진 인물은 다름도 아니라 바로 이진혁이었다.

* * *

주최 및 주관, 참가는 크루세이더 12군단인 시너지 특성 발굴 오디션!

심사 위원은 나와 야코프, 참관인은 내 일행들과 [별 하나데]를 지닌 중대장. 테이블을 지키려고 발악했던 부관과 사단장들의 시도는 무위로 돌아갔고, 24인 테이블의 남은 자리를 크루세이더의 모든 병사들이 돌아가며 앉았다.

그렇게 앉을 때마다 술을 한 잔, 음식 한 접시.

배는 진작 터졌어야 정상이지만 특성 공유로 인해 다들 위장 [한계돌파] 효과를 받고 있어, 크루세이더들은 생애 최초의 경험을 하고 있다.

"큭! 배가 부른데 계속 들어가! 맛있어! 행복해!! 하지만 후환이 두렵군!!"

야코프는 임산부처럼 부른 배를 두드리며 껄껄 웃으면서 그렇게 외쳤다.

그러나 나는 웃을 수 없었다.

솔직히 말하자면 이 특성 발굴 오디션, 실패로 끝난 것이나 다름없었다.

이 많은 병사들이 있는데 [나 혼자 두 배]는커녕 [별 하나 더]만 한 특성이 안 나오다니!

하긴 밥 먹고 술 마시는 데 시너지를 낼 수 있는 특성이 그리 흔한 게 아니다. 나도 고유 특성은 한계돌파뿐이고, [미식의 대식가]와 [꿀떡꿀떡]은 5성 요리와 높은 행운 능력치 덕에 새로 얻어낸 것들이니까.

게다가 크루세이더는 교단에서도 엘리트에 해당하는 인재들이다. 크루세이더에 이미 소속된 이들은 그 사실을 명예롭게 받아들이고, 크루세이더가 되기 위해 노력하는 이들도 아주 많다. 즉, 이미 경쟁을 통해 한 차례 걸러진 인재들이다.

전투에 직접적으로 도움이 되는 특성 하나 없이 경쟁자들을 뿌리치고 크루세이더의 자리를 차지하는 게 쉬운 일일 리는 없다. 어떻게 보면 중대장 중 하나가 [별 하나 더] 같은 자투리 특성을 가지고 있는 것이 기적에 더 가까울 정도로.

하지만 오디션의 결과와는 별개로 이 행사 자체는 정말 재미있었다.

크루세이더, 저 교단의 엘리트들이 오직 나와 야코프가 앉은 테이블에 앉기 위해 내 앞에서 온갖 재롱을 다 떠니 말이다. 야코프는 둘째 치고, 외부 인물인 내게 잘 보이기 위해서 이런다는 게 포인트다.

뭐 내가 심사 위원 중 하나니까 그들로서도 별수 있겠나. 구르라면 굴러야지.

새삼 생각해 보면 지구에 있을 때는 엘리트가 아닌 낙오자에 가까웠던 내가 지금은 이렇게 엘리트들의 재롱을 보게 되다니 참 사람 오래 살고 볼 일이다.

엘리트 주제에 자존심도 없이? 이런 의문은 가질 필요가 없다.

이 자리에 앉는 것만으로 두 배 더 맛있는 요리를 두 배 더 받고, 그 요리를 먹을 때마다 경험치를 얻을 수 있는 데다 일반적인 방법으로는 도달할 수 없는 영역인 크루세이더 20렙 이후의 성장을 기대할 수 있다.

실력주의의 크루세이더이자 향상심을 지닌 플레이어라면 무슨 짓을 해서든 이 자리를 차지하려 드는 게 당연한 거다.

그 결과, 사실 요리 관련 시너지 특성을 찾아내는 데는 실패했지만 다른 쪽으로 성과가 있었다.

"저, 노래하겠습니다!"

테이블 끄트머리에 앉은 병사가 갑자기 소리를 빽 지르더니, 노래를 부르기 시작했다. 그 병사는 이렇게 말하면 뭐하지만, 음치였다.

"갑자기 무슨……. 저거 끌어내."

야코프는 그렇게 말했지만, 나는 직감적으로 그를 제지했다.

"한번 끝까지 보지. 군단장 앞에서 저럴 수 있는 이유가 있을 테니."

노래를 부르면서도 식은땀을 흘리며 우리 쪽의 눈치를 보던 병사는 결국 부르던 노래를 완창했다. 그런데 마지막에는 박수가 나왔다. 분명 음치였던 그의 노래가 후반부에선 점점 나아져, 어느새 가수의 실력이 되어버린 덕이었다.

"병사, 실례가 안 된다면 묻죠. 당신의 특성은 무엇입니까?"

그러자 병사가 이렇게 대답했다.

"[관심중독증]입니다!"

그가 설명한 [관심중독증]의 효과는 다음과 같았다.

[관심중독증]
—희귀도: 고유(Unique)
—등급: A랭크
—설명: 주변의 관심을 집중시키고 행동할 때 얻는 스킬 수련치가 증가하고 스킬의 위력이 ×레벨 상승한다.

"저 새끼, 저거. 왠지 나댄다 했더니만 이런 특성을 가져서 그렇군."

야코프의 그런 감상은 제쳐두고, 나는 이 특성을 어떻게 활용해야 하는지 금방 깨달았다.

"합!"

기합 소리를 질러 사람들의 관심을 끌고 두 자루의 회칼을 챙챙 부딪혀 시선을 모은다. 그리고 바로 스킬을 사용한다. 무슨 스킬이냐고? 당연히 요리사 스킬이지!

[회 치기]

이때만을 위해 아껴놓은 5성 다금바리를 회 친다!

내 요리사 레벨도 어느새 28레벨에 달해 있었다. 원래대로라면 20레벨을 찍고 다른 전문 요리사로 전직해야겠지만, 내 [한계돌파]는 보조 직업에서도 여지없이 작용했다.

보조 직업은 레벨을 올린다고 능력치가 오르지는 않지만, 레벨이 높을수록 사용 스킬에 반영된다. 게다가 요리사는 [솜씨] 능력치를 적용받는 직업이다. 그런데 나는 뭐다? 요리사 레벨도 솜씨 능력치도 한계돌파 한 남자다!

사악, 사악.

요리사 전용 직업 스킬 [회 치기]가 빛을 발한다!

후후, 다들 내 솜씨에 시선을 빼앗겼군. 평소보다 훨씬 빠르게 오르는 수련치로 그게 느껴진다. 수련치가 곧 경험치인 보조 직업 특성상, 이대로라면 나는 곧 레벨 업 할 수 있을 것 같아 보였다. 그리고 내 직감은 별로 빗나가는 일이 없지!

―레벨 업!

다금바리 한 마리를 완벽하게 회 쳐 상에 올리자, 딱 경험치가 맞춰져 나는 레벨 업을 했다. 그리고 다금바리 회 한 접시는 별이 하나, 둘, 셋… 넷! 내 최초의 4성 요리다!! 물론 [별 하나 더]를 통해 이 자리에서는 환상의 6성 요리가 됐다.

"하……."

나는 쾌감에 부들부들 떨었다. 그리고 나는 눈을 부릅뜨고, [관심중독증]을 지닌 병사를 보았다. 그가 움찔하는 모습이 보인다.

"앉으세요."

나는 그런 그에게 눈짓을 하며 말했다.

"당신은 이 요리를 맛볼 자격이 있습니다."

내가 이 시너지 특성 오디션을 실패라고 말했나? 아니, 나는 그런 말을 한 적이 없다. 적절한 회 요리와 함께 마시려고 아껴둔 소주를 꺼내 따르며, 나는 생각했다.

이 오디션은 성공적이다!

            *   *   *

  회식은 일주일 내내 이어졌다. 교분을 다지고 친목을 운운
하는 겉치레 같은 본래의 의의는 잊은 지 오래다.

  뭐, 교분? 지금 그딴 게 중요하겠는가? 레벨이 오르는데!

  물론 한 자리에서 계속 맛있는 걸 먹다 보니 맛을 보는 혀
의 역치가 계속 올라서 얻는 경험치가 조금씩 줄고는 있었지
만 그것도 통상의 16배 효율 앞에서는 감당할 만한 것처럼 느
껴졌다.

  어느 정도까지는 그랬다는 소리다. 그러나 그것도 한계는
있었다.

  일주일쯤 지나며 잠도 안 자고 계속 만들고 먹고 마시고 만
들고 먹고 마신 결과, 인류연합으로부터 받았던 5성 요리 재
료를 거의 다 소모해 버리고 말았다. 술도 가장 비싼 보석 담
금주 12병만 남기고 다 마셔 버렸다.

  이로써 회식은 여기서 강제적으로 종료되고 말았다.

  어차피 혀의 역치도 오를 대로 올라, 16배 효율마저 소용없
을 정도로 경험치가 줄어들어 코에도 못 붙이는 상황에 도달
했다. 끝낼 때를 잘 선택한 셈이다. 뭐, 내가 선택한 건 아니지
만. 아무튼 그렇게 됐다.

  그렇다고 이걸로 불만을 말하는 건 지나치게 양심 없는 짓
이다. 왜냐하면 앉아서 요리하고 밥 먹고 술 먹는 것만으로

나는 이미 신살자 24레벨에 도달했기 때문이다.

"크크크……. 이 세계 곳곳을 돌아다니며 필드 보스를 잡는 것보다 훨씬 낫군."

그동안은 술에 취해 있어서 별로 진지하게 생각하질 않았는데, 술 깨고 시스템 메시지를 확인해 보니 얻은 경험치의 양이 정말 장난이 아니었다.

결과만 보고 말하자면 나는 이 크루세이더 1개 군단을 아군으로 끌어들임으로써, 이들을 전부 잡아버리는 것에 비견될 만한 보상을 얻었다.

누가 퀘스트를 줘서 그걸 깨고 보상을 얻은 것도 아닌데 말이다.

레벨 업에 필요한 경험치를 절반으로 줄여주는 지구인의 전설 유일급 종족 특성까지는 [즐거운 회식]으로 공유되지 않은 탓인지, 나만큼 급격한 레벨업을 이룬 인물은 달리 없었다.

엄청난 레벨 업을 한 나와 달리 크루세이더들 중 그 누구도 크루세이더 30레벨에 도달하지는 못했다고 들었다.

그래도 처음 지휘관 테이블에 앉아 있던 8명은 모두 25레벨 이상을 찍어 새 스킬을 손에 넣었으며, 지금은 칼을 휘두르며 그 스킬의 수련치를 채우기에 바빴다.

"이것도 술 먹으면서 채울 수 있으면 훨씬 편할 텐데 말이야! 허허허!!"

야코프가 너털웃음을 터뜨리며 양심 없는 소릴 했다.

[관심중독증]을 받으면 수련치 보너스가 들어오니 더 편하기야 하겠지만 그러려면 술을 마셔야 한다. 술 마시면서 수련을 하겠다니. 에라이, 양심 없는 인간아. 아, 인간 아니지. 천사지. 뭐 어때.

물론 나는 그 [관심중독증] 덕에 요리사 레벨을 41까지 올렸지만 말이다.

[요리의 대가]
—등급: 대가(Grand Master)
—숙련도: A랭크
—효과: 요리를 할 수 있다.

이미 대가급 스킬을 얻긴 했지만, 그래도 나는 특정 전문 요리사로 전직하지 않고 레벨을 계속 올리고 있다.

—원래대로라면 이렇게 고속으로 성장하는 건 불가능한 일입니다.

요리사 전직을 어떻게 해야 할지에 대한 상담을 위해 레벨업 마스터에 접속했을 때, 내 요리사 레벨을 확인한 주리 리는 이렇게 말했다. 되도록 내색 않으려고 노력하는 것처럼 보였지만, 아연해하는 기색이 완전히 숨겨지지는 않았다.

그야 그럴 테지. 크루세이더 12군단 주최 특성 시너지 오디션이 없었더라면 이 정도의 고속 성장이 가능했을 리 없다.

"아마 이제부턴 이런 식으로 확 올리는 건 좀 힘들어질 거 같아."

다른 건 둘째 치고 술이 없다. 보석 담금주를 까면 되긴 하겠지만, 혀의 역치가 올라간 지금 비싼 술을 무의미하게 까고 싶지는 않다.

―그러시다면 지금 당장 전문 요리사로 전직하는 건 그다지 권해 드리기 힘들겠네요.

전문 요리사 레벨을 지금 당장 빨리 올릴 수 없다면, 그냥 1차 요리사의 높은 레벨 보정을 얻는 게 더 나을 거란다.

게다가 전문 요리사의 레벨 보정은 일반 요리사보다 보정 배율이 더 높긴 하지만, 그 대신 해당 전문화 장르의 요리에만 보정을 받게 된다고 한다.

―그렇게 해서라도 더 높은 성급 요리를 만들어내는 게 좋으니까요.

일반적으로는 그렇다. 그러나 한계돌파를 지닌 나는 조금 다르다. 내 입장에선 그냥 요리사 레벨만 죽자고 올리는 게 더 효율적인 셈이다.

만능 요리사가 내 꿈이다!

어쨌든 대가급 스킬을 얻은 뒤로는 4성 요리도 꽤 안정적으로 만들어낼 수 있게 되었고, 아직까진 딱 한 번이지만 5성 요리도 만들었다. 그것도 5성 재료를 박박 긁어낸 덕이긴 해도 만들 수 있다는 게 중요하다.

앞으론 그냥 인류연맹에 요리 재료를 달라고 해야겠다. 그런 생각까지 들 정도의 결과다.

―이미 5성 요리를 만들어내실 수 있다면 그냥 일반 요리사 레벨을 계속 올리시는 게 더 나을지도 모릅니다.

내가 5성 요리도 만들었다는 걸 알게 되자 주리 리가 한 소리였다. 이 말을 할 때 그녀는 내색하지 않기 위해 노력했지만, 아연해하는 기색이 완연했다.

―한계돌파……. 정말 말도 안 되는 특성이로군요. 제가 기존에 갖고 있던 상식이 무너져 내리고, 습득했던 지식이 부정당하는 느낌입니다.

결국 자신의 감정을 숨기는 데 실패한 주리 리는 한숨까지 푹 내쉬며 그렇게 마무리하고 말았다.

*　　　*　　　*

주리 리와의 상담은 요리사의 전직 여부가 전부가 아니었다. 아니, 오히려 이쪽이 본론이라고 하는 것이 더 옳으리라.

신살자도 24레벨로 만렙인 20레벨을 돌파해 4차 직업으로의 전직 조건이 만족된 상태다.

문제는 신살자라는 거창한 직업명에도 불구하고, 이 직업으로 20레벨까지 얻을 수 있었던 스킬은 슈퍼 레어급에 그쳤다는 점. 그렇게 얻은 스킬들도 신을 상대로 할 때는 나름 도

움이 될 것 같지만 그냥 권능 스킬을 쓰는 게 더 나아 보인다
는 게 문제다.

　비유하자면 신살자는 신성을 얻지 못한 플레이어의 죽창
정도가 되겠다. 하지만 난 이미 권능 스킬이라는 날카로운 강
철 창을 갖고 있어 죽창이 필요 없는 상태 정도로 정리할 수
있겠지.

　아무리 그래도 40레벨로 대가급을 얻는 건 경험치 낭비겠
지만 그래도 3차 직업의 30레벨 스킬은 탐이 난다. 뭐가 나올
지는 몰라도 말이다.

　하지만 30레벨까지 가는 데만도 어마어마한 양의 경험치가
필요할 터였다.

　이미 나는 24레벨이고, 레벨 업 쿠폰을 하나 찢어서 25레벨
스킬을 받을 생각이다. 이러면 남은 레벨 업 쿠폰은 7매가 된
다.

　물론 30레벨까지 쿠폰을 써서 도달하는 것도 가능하다.

　내 의문은 여기에서 파생됐다.

　신살자의 30레벨에 과연 그럴 만한 가치가 있을까? 그보단
그냥 4차 직업에 걸어보는 게 낫지 않을까?

　나 혼자 생각하는 것보다는 낫겠다는 생각에, 나는 이 의
문을 주리 리에게 부딪혀 보았다. 그러나 주리 리는 이렇게 답
할 뿐이었다.

　─저도 잘 모르겠습니다. 한계돌파로 만렙을 넘어서는 것

자체가 특이한 사례니까요.

이걸 모른다고 주리 리를 탓할 수는 없다. 한계돌파가 나의 고유 특성인 이상, 25레벨과 30레벨 직업 스킬을 얻는 건 나만의 케이스일 가능성마저 있었다.

뭐, 한계돌파 특성 외에도 한계돌파 스킬이나 그걸 가능하게 해주는 아이템 같은 게 존재할 수도 있으니 확언까지는 못하겠지만.

─지금 상황에서 어느 쪽이 더 낫다고 확실히 답변 드리긴 어렵습니다. 무엇보다 제가 아는 게 너무 적으니까요.

"그럼 아는 걸 말해줘. 신살자의 4차 직업에 대해서. 그걸 듣고 내가 결정하지."

애초에 주리 리를 불러낸 이유가 이거였다. 인류연맹 데이터베이스에 등록된 신살자 4차 직업 리스트를 확인하는 것. 그것만으로 족했다.

리스트를 확인하는 과정에서 직감이 적절히 반응해 준다면 직감을 따르면 될 테고, 아니라면 내가 직접 판단을 해야 할 테지만. 어쨌든 앞으로의 진로에 큰 힌트가 될 거다.

─알겠습니다. 그럼 말씀드리겠습니다.

주리 리는 호흡을 한 번 가다듬은 후, 목소리 톤을 대화에서 설명으로 바꾸었다.

─사실을 말씀드리자면 지금 당장 대영웅님께서 다음 전직으로 넘어가시는 건 불가능합니다. 신살자의 4차 직업 전직

조건이 특정 3차 직업의 만렙을 요구합니다.

"정말로? 깐깐하기도 하네."

―그야 그렇습니다. 보통은 3차 직업이 최종 직업이 되는 경우가 많으니까요. 예를 들어 교단의 크루세이더도 3차 전직 직업이지만 최종 직업이기도 합니다.

그건 나도 야코프로부터 듣고 알고는 있었다. 하지만 크루세이더 외의 다른 직업들도 대부분 3차에서 끝나 버린다는 건 지금 처음 알았다. 그렇게 희귀한 4차 직업으로의 전직이니 그야 조건이 많이 붙기도 할 테지.

―그러니 이제부터 말씀드리는 4차 직업들은 조건으로 필요로 하는 3차 직업과 함께 설명 드리겠습니다.

"미안, 평소보다 두 배 더 일하게 되겠네."

―대영웅님을 빈틈없이 철저하게 보좌하는 게 제 일인걸요.

주리 리는 아무렇지도 않게 그렇게 내 말에 대답한 후, 그 나긋나긋한 듣기 좋은 목소리로 직업 설명회를 시작했다.

*　　*　　*

그리고 그 결과, 나는 처음 생각했던 것과는 정반대의 결론에 도달하고 말았다.

"4차 직업으로 넘어가기 위해선 2차 직업부터 단련해야 되다니."

이 2차 직업도 내가 눈여겨본 4차 직업으로 전직하기 위해서 거쳐 가는 직업이다. 그나마 악마 사냥꾼으로 전직할 때처럼 1차 직업부터 올려야 되는 건 아닌 게 다행일 뿐이다.

그리고 그 단련해야 하는 직업이란? 다름이 아니라 바로 [포대 지휘자]였다. 그러고 보니 악마를 상대하느라 이걸 잊고 있었네. 3차 직업인 신살자가 24레벨인데 2차 직업인 포대 지휘자는 9레벨에서 멈춰 있었다.

"이걸 왜 지금까지 안 올렸지?"

악마 군주 뤼펠을 상대할 때도 포술은 상당히 유효하게 쓰였다. 위력이야 부족했지만 [강화 마법포탄 부여]의 빛 속성 부여와 악마 사냥꾼 직업의 패시브를 겹쳐서 어떻게든 메웠고. 이런 식으로 그냥 내버려 둘 직업은 아니었다.

"좋아, 포대 지휘자를 올린다."

나는 결정했다. 하지만 그 전에 먼저 레벨 업 쿠폰을 사용해 신살자 25레벨 달성. 새로운 스킬을 얻었다.

[예의 살(Missile of Sundowners)]

—등급: 전설(Legend)

—숙련도: 연습 랭크

—효과: 다음에 발사하는 투사체에 신살의 힘을 담는다.

"헉."

이제까지 슈퍼 레어 연타에 실망했던 내게 가뭄의 단비나 다름없는 전설급 스킬이 튀어나왔다. 그것도 꽤 좋은 스킬이다. 투사체라니! 20레벨의 죽창은 잘 숨어 있다가 적의 약점을 잘 찔러서 한번 잘 죽여보세요, 같은 스킬이었는데. 이건 그것보다 훨씬 실용적이다.

게다가 투사체면 당연히 포탄에도 적용되겠지? 포대 지휘자의 랭크를 올려야 할 이유가 하나 더 생긴 셈이다.

그리고 신살자 30레벨을 찍어야 할 이유도 생겼네. 설마 25레벨 스킬을 전설급 줘놓고 30레벨 스킬에 슈퍼 레어나 유니크가 튀어나올 가능성이 있나? 없겠지? 없다고 믿는다. 직감도 조용하고.

어차피 레벨 업 쿠폰은 4차 직업부턴 못 쓴다! 여기다 쓴다!!

나는 다섯 장의 레벨 업 쿠폰을 모조리 소모해 신살자 레벨 30을 달성했다. 이렇게 새로 얻은 스킬의 정체는……!

[세계를 사르는 불꽃(Surts's Blaze)]
 ─등급: 신화(Myth)
 ─숙련도: 연습 랭크
 ─효과: 신성을 소모한다. 수르트의 세계를 사르는 불꽃을 소환한다.

"거참!"

나는 탄성을 터뜨리고 말았다. 아니, 여기서 신화급이?

25레벨까진 체력이나 마력 같은 자원만 요구하다가 갑자기 신성을 요구하다니, 평범한 플레이어한테는 날벼락 같은 상황이겠지만 내 경우에는 해당되지 않는다.

난 신성이 빵빵하거든!

"그럼 한번 써볼까?"

나는 즉흥적으로 결정했다. 스킬을 사용하자, 신성이 쭉 빨려 나가며 내 손가락 위에 불꽃이 나타났다. [세계를 사르는 불꽃]이라는 스킬 이름에 비해 겉보기에는 수수했지만, 나는 스킬을 사용한 즉시 이 불꽃의 위험성에 대해 깨달았다.

이 불꽃은 불꽃의 모습을 취하고 있으면서도 불이 아니다. 타는 데 산소도 필요로 하지 않고, 연료로 필요로 하지 않는다. 마른 곳에서도 타고 물속에서도 탄다. 태워도 연기가 나지 않으며, 태운 후 재도 남지 않는다.

이 불꽃이 남기는 것은 없다. 완전한 소멸. 텅 빈 공허. 그것만이 남는다.

그야말로 세계를 사르는 불꽃.

"위험하지만 그만큼 위력적이겠지."

마음에 들었다.

"이건 랭크 올려야겠네."

하지만 신화급 스킬이라는 것은 양날의 검이다. 수련치를

채울 때마다 신성이 드는 거야 지금의 내겐 애교 수준이지만,
반대로 랭크를 올릴 때마다 스킬 포인트를 잔뜩 잡아먹는 건
꽤 부담스럽다.

"흐음."

스킬 포인트.

물론 난 크루세이더들에게 밥값을 요구할 것이고 그 밥값은
스킬로 청구할 셈이다. 마음에 드는 스킬을 얻을 수 있다면
좋고 아니라면 분해해서 스킬 포인트로 전환할 수 있으니 그
것도 좋다.

그래, 스킬 포인트는 또 벌면 된다.

"흠, 흠."

하지만 인벤토리에 남은 두 장의 레벨 업 쿠폰이 내게 이상
한 생각을 하게 만들고 있다.

"이걸로 반격가 레벨을 올리면 스킬 포인트가 많이 들어오
겠지?"

3차 직업은 이거 한 장으로 1레벨밖에 못 올리지만, 1차 직
업은 5레벨씩 올려준다. 게다가 레벨이 높을수록 얻는 스킬
포인트도 높아진다. 40레벨에서 50레벨로 올리면 스킬 포인트
도 꽤 많이 주겠지.

그리고 호기심도 생겼다.

40레벨에서 직업의 모든 스킬이 ['무엇'의 대가]로 통합되어
묶이는 건 알고 있지만, 50레벨은 아직 미지의 영역이다. 거기

까지 올리는 데 잡아먹는 경험치가 너무 많은 데다 얻을 수 있는 게 불확실해서 미뤄왔지만, 레벨 업 쿠폰이라면 그냥 두 장 찢는 걸로 해결된다.

아마 이게 마지막 기회겠지, 란 생각이 얼핏 들었다. 이 호기심을 해결할 마지막 기회. 덤으로 스킬 포인트도 얻고.

"좋아."

나는 결심했다.

나는 다시 레벨 업 마스터를 켜 주리 리를 불러냈다.

"주리 리."

ㅡ네, 대영웅님. 어떤 직업으로 전직하시겠습니까?

"…반격가."

내 대답을 들은 주리 리의 표정은 꽤나 볼 만했다.

*   *   *

반격가로 돌아오는 건 꽤 오랜만의 일이었다. 그렇다고 딱히 감회가 느껴지는 건 아니었지만. 나는 오래 고민하지 않고, 바로 레벨 업 쿠폰을 찢었다.

자, 시스템 메시지로 뭐가 올라올까?

아무리 1차 직업이라지만 40레벨대다. 그에 걸맞은 능력치 상승과 스킬 포인트가 주어졌다.

하지만 45레벨에도 스킬은 생기지 않았고, 50레벨에도 스킬은 생기지 않았다. 비록 50레벨에 도달한 순간 49레벨의 두 배에 달하는 큰 폭의 능력치 상승과 스킬 포인트가 주어지긴 했지만, 이것만으로는 조금 성에 차지 않는다.

"역시 내가 잘못 짚은 건가?"

그렇게 혼잣말을 할 때쯤, 이런 메시지가 떴다.

―히든 직업 개방 조건을 만족하셨습니다.

[주의!] 히든 직업으로 전직하기 위해서는 전직 조건을 만족해야 합니다.

―모든 능력치 99 이상 (만족!)

―직감 능력치 255 이상 (만족!)

―신성 누적치 999 이상 (만족!)

―모든 직업 레벨 총합 99 이상 (만족!)

―히든 직업으로의 전직 조건을 달성하셨습니다.

―개방된 히든 직업: [선멸자(Terminator)]

―해당 히든 직업의 설명을 열람하실 수 있습니다.

[선멸자(Terminator)]

―최선의 반격은 선제공격입니다. 선멸자는 이 격언에 가장 걸 맞은, 반격의 궁극을 달성한 이입니다. 앞으로 날아올 공격에 대비 해 미리 반격을 하는 것이죠. 헛소리 같지만 반격가의 극의를 손에 넣은 당신이라면 그 편린을 이미 맛봤을 터입니다. 알고 계시겠지

만 미래를 보는 것은 쉬운 일이 아닙니다. 그렇기에 선멸자가 되기 위해서는 미래 예지에 가까운 날카로운 직감을 소유해야 하고, 많은 전투 경험을 쌓아두고, 다채로운 전투 기술을 익혀야 합니다.

직업 설명은 헛소리 같았지만, 이미 [후의 선]을 얻은 내겐 별로 헛소리 같지 않았다. 적의 공격을 1초 빨리 읽어 반격하는 20레벨 스킬. 이게 직업 설명에서 언급한 '편린'일 터였다.

지금 와서 다시 생각해 보면 [후의 선]은 1차 직업 만렙 스킬 치곤 굉장히 유용했지. 물론 최근엔 적들의 격이 너무 높았고 개중엔 스킬 효과를 무시하는 적들까지 나와서 활약할 기회가 얼마 없었지만 말이다.

선멸자의 직업 스킬들도 [후의 선]과 비슷한 걸로 채워져 있을 거라고 생각하면 가슴이 뛴다.

―전직하시겠습니까?

Chapter 2

전직하겠냐고? 그걸 질문이라고 하는 건가? 당연하지!

"그래!"

한다! 나는 즉각적으로 대답했다. 그러자 이런 메시지가 떴
다.

─전직하시기 위해선 전직 퀘스트를 통해 전직에 필요한 물자
를 수급하고 전직 자격을 증명하셔야 합니다. 전직 퀘스트를 수락
하시겠습니까?

"안 해!"

그러고 보니 이거 시스템 전직이었지. 그동안 주리 리의 직업소개소에서만 전직해 왔던 터라 전직 퀘스트의 존재조차 잊고 있었다. 직업소개소에선 전직 퀘스트가 면제였으니까.

그렇다면 선멸자도 직업소개소를 통해 전직하면 퀘스트 면제 혜택이 따라오겠지?

"주리 리! 주리 리!!"

나는 애타게 주리 리의 이름을 불렀다.

―부르셨습니까? 대영웅님.

주리 리는 평소처럼 태연하게 나타났지만, 그 양 볼이 살짝 붉어져 있었다. 왜일까? 내가 애타게 불러서? 그럴 수도 있지, 뭐. 그보다 중요한 건 전직이다.

"나 선멸자로 전직할래!"

―선멸자 말씀이십니까? 검색해 보겠습니다.

차분한 목소리로 대답한 주리 리의 표정이 점점 굳어져 가는 게 실시간으로 내게 보였다. 아차! 그래, 맞다. 히든이랬지. 어쩌면 인류연맹의 데이터베이스에는 선멸자라는 직업 자체가 존재하지 않는 걸지도 모르겠다.

―…죄송합니다만, 대영웅님.

그리고 나쁜 예감은 잘 들어맞는 법이지.

"알았어. 데이터베이스에 없구나. 괜히 히든 직업이 아니네."

내 말에 주리 리는 그녀로선 드물게도 반짝이는 눈빛으로 내게 물었다.

―히든 직업 말씀이십니까? 저희 데이터베이스에 존재하지 않는 히든 직업의 출현 조건을 제보해 주시면 소정의 보상을 해드립니다.

"그래?"

이미 내 특성을 밝힌 상대다. 딱히 숨길 일도 아니었기에, 나는 선멸자 직업의 개방 조건을 말해주었다.

"반격가 레벨 50 달성이야."

듣고 난 주리 리가 초연한 태도로 말했다.

―어차피 대영웅님 외엔 찾아내기 힘들었을 히든 직업이로 군요. 다른 이들이 이 경지에 도달할 가능성은 희박해 보입니다만 약속한 보상은 드리겠습니다.

"역시 그렇지? 미안하네."

보상은 스킬 포인트 100개였다. 흡족하다!

"그럼 나 전직 퀘스트 받고 다시 올게."

―기다리겠습니다.

나는 다시 레벨 업 마스터를 인벤토리에 집어넣고 직업창을 불러냈다.

*   *   *

[선멸자 전직 퀘스트 1]

―종류: 수련

―난이도: 알 수 없음

―임무 내용: 기초부터 다시 다지기! [후의 선] 100회 사용해 보기.

[주의!] 스킬 시전 목표는 매번 달라야 함

―보상: [선멸자 전직 퀘스트 2] 개방

"단순 노가다네."

원래대로라면 꽤 골치 아팠을 퀘스트였으나, 다행히 내가 머무르는 주둔지에 크루세이더 101명이 있다. 아, 몇 명 죽었으니 숫자가 좀 부족한가. 모자란 숫자야 우리 일행이나 그림자 용병으로 메우면 되겠지. 이런 퀘스트라서 차라리 다행이라고 할 수 있다.

전직 퀘스트를 수행하는 중 직업 제한은 딱히 없었기 때문에 굳이 반격가 상태로 머무를 이유는 없었다. 게다가 이 퀘스트를 완료한다고 바로 선멸자로 전직할 수 있는 것도 아니고, 연속 퀘스트를 계속 해결해야 하니까.

상황이 이렇게 된 이상 신살자도 50레벨까지 찍어보고 싶은 마음도 생겼지만, 그건 잠깐 접어두자. 어차피 35레벨에는 아무 스킬도 주지 않을 것을 알고 있는 데다, 여기서부터는 레벨 업에 정말 막대한 경험치를 요구하기 때문이다.

지금 당장의 전력 강화를 위해서는 포대 지휘자 레벨을 올리는 게 더 효과적이다. [예의 살과 시너지도 있으니 말이다. 그러므로 나는 포대 지휘자로의 재전직을 선택했다.

"자, 그럼 음식값을 청구하러 가볼까?"

퀘스트도 깰 겸 스킬을 뜯기도 할 겸, 나는 야코프의 지휘소로 향했다.

* * *

결론부터 말하면 크루세이더를 상대로 스킬을 뜯는 건 별로 좋은 발상은 아니었다. 이들은 군대고, 조직적으로 싸우는데 특화되어 있다. 이게 뜻하는 바가 뭐냐면, 대부분의 구성원이 비슷한 스킬 구성을 지니고 있다는 걸 가리킨다.

게다가 크루세이더는 이제까지 만나본 고위 플레이어치고는 특이하게 직업 스킬을 잘 활용한다. 직업 스킬은 뜯어 오질 못하니 나로서도 갑갑할 따름이지.

뭐, 그래도 어느 정도의 수익은 있었다. 몇몇 부사관들에게서 높아 봐야 유니크급이긴 했지만 크루세이더가 되기 전에 익혔던 스킬을 꿩 대신 닭 겸으로 뜯어오기도 했고, 무엇보다 군단장인 야코프가 진국이었으니까.

야코프로부터는 다른 크루세이더는 익히지 않은 전설급 스킬을 몇 개 뜯어낼 수 있었다.

"아무리 우리가 협조 체제라지만 내 밑천을 다 보여줄 순 없지. 미안하네."

그러면서 한다는 말이 이거였다. 전설급 스킬을 몇 개씩 보여주고도 이러니, 야코프는 확실히 강적이라 할 만 하리라.

"크루세이더랑 동맹 맺길 잘했네!"

그리고 전직 퀘스트 1도 깼다. 애초에 스킬 뜯는 데 쓴 스킬이 [후의 선]이었으니 매우 자연스러운 형태로 퀘스트를 완료할 수 있었다.

[선멸자 전직 퀘스트 2]

—종류: 수집

—난이도: 알 수 없음

—임무 내용: [악마의 뿔] 1쌍, [마구니의 뼛조각] 한 무더기, [타천사의 깃털] 한 다발을 구해 오시오.

[Tips!] 카테고리가 일치하는 비슷한 아이템으로 대체 가능.

—보상: [선멸자 전직 퀘스트 3] 개방

아, 그럼 그렇지. 2에서 끝날 거라고 생각한 적 없다. 역시 3으로 이어지는군. 이게 마지막이었으면 좋겠는데.

[악마의 뿔] 1쌍은 일전에 뤼펠과 싸웠을 때 놈의 뿔을 부러뜨린 걸 주워둔 게 있고, [마구니의 뼛조각]은 일전에 [욕망의 독]에서 나온 마구니들을 잡았을 때 모아둔 게 인벤토리 가득

쌓여 있었다. 뭐, 뭣하면 [마라 파피야스의 오금뼈]를 갈아다 내도 될 테고.

문제는 [타천사의 깃털]인데……. 이걸 어디서 구하지?

"링링!"

나는 혹시나 싶어 레벨 업 마스터를 켜 링링을 불러다 인류 연맹의 상점이나 경매장에서 [타천사의 깃털]을 파는지 물어보았다. 대답은 심플했다.

―없어요!

자랑이다!

"에이, 모르겠다."

나는 레벨 업 마스터를 인벤토리에 도로 넣고 퀘스트창을 노려보다가 그냥 꺼버렸다. 잊고 살자. 그러다 인연이 있으면 타천사를 잡을 일도 생기겠지.

그 전까지는 그냥 계획한 대로 움직이자. 일단은 포대 지휘자의 레벨 업이다. 그러려면…….

"…일단 굶어야겠군."

비싸고 맛있는 음식에 길든 혀의 역치를 다시 내리는 게 가장 먼저 떠올랐다. 그리고 굶은 후에 먹을 맛있는 먹을 것, 가능하면 성급 요리를 구해야지. 이건 뭐… 링링에게 부탁하면 되겠지. 상점표 2성 요리라도 회식의 시너지 효과를 보면 어느 정도 효과가 있을 테니까.

하지만 역시 더 좋은 방법은 물론 직접 재료를 구해다 요리해서 먹는 거다.

"이 김에 농부 레벨이나 올려야겠다."

나는 농사를 짓기로 결의했다. 이참에 남는 인력들도 동원
해야지. 여기에서 남는 인력들이란 물론 크루세이더들을 가리
킨다.

크루세이더 여러분, 혹시 대민 지원이라고 들어는 보셨는
지?

*   *   *

감금된 곳에서 탈출한 카자크는 천천히 움직였다. 서두를
이유가 없었다. 투명화 스킬과 추적 방지 스킬, 흔적을 지우
는 스킬 등등을 덕지덕지 켜놓았기 때문에 여자의 추적을 걱
정할 필요는 없었다.

이래 봬도 인스펙터 출신이다. 잠입과 탈출, 은신과 은밀 행
동은 그의 전문이었다.

그렇게 카자크는 한가롭게 주변 조사에 나섰다.

그리고 조사 결과, 그는 지금 자신이 머물고 있는 곳이 전
에 본 적 없는 이상한 세계라는 결론에 도달했다.

"마치 거대한 쓰레기장 같군."

용도를 알 수 없는 문이 두 개 달린 거대한 흰색 직육면체
금속 덩어리. 문을 열어보니 안은 새하얗게 칠해져 있었고,

음식물이 쉰 것 같은 냄새가 약간 남아 있었다. 뭔가를 밀봉할 생각이었던지, 문에는 부드러운 재질의 자석이 붙어 있어 살짝만 닿아도 단단히 닫혔다.

그보다 작은 검정색 금속 덩어리에는 문이 하나 달려 있었고 이해할 수 없는 언어로 설명이 부착된 다양한 버튼이 달려 있었다. 가장 큰 버튼을 눌러보니 문이 열렸다. 검정색으로 칠해진 내부에 깨져 나간 유리그릇이 보였다.

바람이 나올 것 같은 구멍이 달린 거대한 직육면체 금속 덩어리도 있었다. 바람 방향을 조정할 수 있는 판 같은 게 여럿 달렸으니 아마 맞을 것이다. 난방 기구인 걸까? 알 수 없었다.

금속이나 플라스틱으로 만들어진 직육면체들에겐 공통적으로 검정색의 꼬리가 달려 있었다. 간혹 흰색이나 다른 색도 있었지만 디자인은 기본적으로 같았다.

귀여우라고 달아놓은 장식인 걸까? 카자크로선 이 물건들의 제작자들이 무슨 생각으로 이런 걸 만들어둔 건지 이해하기 힘들었다.

이런 식으로, 지금은 용도조차 알 수 없는 골동품들이 아무렇게나 잔뜩 버려져 있었다.

"아니, 쓰레기장이겠지."

카자크가 이제껏 감금되어 있던 안전 가옥도 이 쓰레기들 사이에 파묻혀 있었다. 어쩌면 여자가 안전 가옥을 일부러 쓰레기들 속에 파묻어 숨겨놓은 것일지도 모르는 일이다.

"아니, 아마 그렇겠지. 나는 지금 공식적으로 살아 있는 상태가 아니니까."

여자는 카자크의 생존을 알고 있는 건 자신뿐이라고 자신했었다. 상부에도 사망을 보고했다고 말했다. 그러니 여자에게 있어 생존한 카자크는 존재 그 자체로 역린이다. 약점이라는 의미로 말이다.

"크크크."

카자크는 낮게 웃었다. 즉, 자신의 생존을 대외에 알리는 것만으로 여자에게 배신감을 느끼게 만들 수 있다. 그 생각만으로도 입에서 침이 주르륵 흘렀다.

"그러게 누가 애착 같은 걸 가지래."

지금 와서 다시 생각해 봐도 웃긴 일이다. 자신의 결코 칭찬받을 수 없는 취미와 음습한 욕망을 만족시키기 위해 고문하던 대상에게 애착을 품다니.

"진짜 변태네."

크크큭, 하고 카자크는 다시 웃었다.

일부러 재생은 하다 만 상태였기에, 그의 몸에는 고문의 흔적이 생생히 남아 있었다. 움직일 때마다 전신이 아팠지만, 이 모습을 공개하는 것만으로도 여자에게 사회적 치명상을 입힐 수 있다는 것을 생각하면 고통 대신 쾌감이 느껴졌다.

"어쨌든."

그러려면 일단 이 세계에서 탈출해야 한다.

그리고 그건 생각보다 지난한 일이었다. 이 세계는 생각했던 것보다 넓었고, 철저하게 고립되어 있었으며, 무엇보다 버려진 지 오래되어 보였으니까.

탈출 수단도 없고, 연락 수단도 없다.

현지 주민이라도 한 명 만났으면 좋으련만, 여기선 사람 그림자는커녕 누군가가 거주한 흔적조차 발견할 수 없었다.

"…오."

그러나 일주일 동안에 걸친 집요한 탐색 끝에, 카자크는 드디어 민가 한 채를 발견했다. 낡고 볼품없는 오두막집이었다.

"그런데… 되게 수상하네."

민가 주변에만 쓰레기가 없는 거야 이해할 만하다. 사람이 사는 곳이라면 당연히 쓰레기를 치워뒀을 테니. 문제는 그 민가의 재질이었다.

그 오두막집은 통나무로 지어져 있었다.

주변에 자재가 되어줄 만한 철과 플라스틱이 가득 있는데, 이 세계에선 구하기도 힘든 통나무로 집을 짓다니. 어지간히 변태가 아닌 이상에야 할 수 없는 짓이다.

"진짜로 돈 없고 갈 곳 없는 사람이라면 이런 걸로 집을 짓진 않겠지."

카자크는 턱을 만지며 몇 분간 생각에 잠겼다. 그리고 저 수상한, 함정 이상도 이하도 아닌 것처럼 보이는 오두막집에 들어가는 건 최후의 수단으로 삼자는 결론을 내렸다.

그렇다고 여길 그냥 떠나는 건 왠지 지는 것 같은 느낌이 들어 분했다.

"[감시자의 수정]."

결국 카자크는 스킬로 수정 하나를 생성해 바닥에 박아놓았다. 그의 손에서 떨어지자마자 수정은 투명해져 눈에 아예 보이지 않게 되었다. 인스펙터의 직업 스킬 중 하나로, 감시와 탐색, 좌표 지정 등 두루두루 쓰이는 스킬이다.

"이걸로 누가 드나드는지 정돈 볼 수 있겠지."

어쩌면 이게 새로운 배신의 힌트가 될지도 모르는 일이다.

'꼭 그랬으면 좋겠다.'

카자크는 아직 배신에 굶주린 채였다. 여자는 지금까지도 카자크가 사라진 걸 눈치채지 못했고, 그래서 그는 이 배신을 통한 달콤함을 맛보지 못했다.

"아주 그냥, 내가 돌아왔다고 큰 소리로 광고를 해야지."

여자의 배신감을 맛볼 생각에 부르르 떨며, 카자크는 다시금 이 세계에서 빠져나갈 방법을 찾기 위한 탐색에 나섰다.

*   *   *

악마 여왕 비토리아나는 악마 함대를 이끌고 변경 차원 그랑란트의 외곽에까지 도달해 있었다.

브뤼스만과 사전에 약속한 대로 차원 결계는 열려 있었다.

그렇다고 문제가 없었던 건 아니었는데, 열린 개구멍은 너무 작았다. 딱 백작급 셋만 통과시키면 아슬아슬하게 닫힐 것 같은 크기였다.

당연하게도 비토리야나는 이런 상황을 미리 예견하고 있었고, 그래서 대처법도 준비해 놓은 상태였다.

"이걸 사용하면 브뤼스만과의 관계는 끝장이지."

비토리야나는 고혹적으로 웃었다.

애초에 교단과 만마전의 협정 때문에 악마 전함의 건조는 엄격히 금지되어 있었다. 비토리야나는 그것을 자신의 왕국에서 은밀히 만들었고, 그 숫자는 어느새 함대를 이룰 정도가 되어 있었다. 브뤼스만을 비롯한 그의 계파가 눈감아준 덕에 가능한 일이었다.

그런데 교단의 영역인 그랑란트에 함대를 끌고 와버렸으니, 이게 들키면 브뤼스만은 꽤나 곤란한 상황에 처할지도 모른다.

"바라던 바야."

비토리야나는 차갑게 내뱉었다. 이진혁은 자신의 먹잇감이었다. 누구를 상대로라도 터럭 하나 내놓고 싶지 않은 극상의 제물. 그것이 설령 브뤼스만이라 하더라도 그녀는 조금도 양보할 마음이 없었다.

아니, 애초에 그 인면독사를 여왕은 줄곧 증오해 왔다. 그런데 그런 놈에게 곤란한 상황을 안겨줄 수 있다니. 바라 마지

앓던 임이 아닌가?

비토리야나는 정면을 향해 팔을 쭉 뻗었다. 일제사격 신호
였다.

함대에 소속된 모든 악마 전함의 주포 포구가 일제히 같은
곳을 가리켰다. 포격할 위치와 타이밍은 이미 악마 여왕의 정
신파로 전달된 바였다.

크르르르르!

마치 짐승이 울부짖는 것 같은 소리와 함께, 모든 주포가
막대한 마기로 이뤄진 에너지 응집체를 동시에 쏟아내었다.

쿠구구구궁……!

그 위력에 세계가 비명을 질렀다. 그야 그럴 법도 하다. 악
마 전함의 주포인 마기 입자포는 본래 이러한 목적을 위해 만
들어진 마기 병기니까.

침략! 정복! 약탈!

교단이 두각을 드러내기 전, 만신전과 함께 가장 그 세력이
강성했던 두 거탑 중 하나였던 만마전이 광활한 영토를 확보
할 수 있게끔 한 원천이 바로 악마 전함이었다.

아니나 다를까, 그랑란트를 뒤덮고 있던 차원 결계가 깨어
져 허물어지고 더 이상 악마 함대의 진격을 멈출 수 있는 건
존재하지 않게 되었다.

"돌입하라."

그날이 바로 비토리야나의 악마 함대가 그랑란트의 하늘을

점거하는 날이었다.

*   *   *

"와, 씨. 저게 뭐지?"

아침부터 직감이 찌릿찌릿 시끄럽다 했더니만 생각지도 못한 일이 벌어지고 있었다.

가장 먼저 반응한 건 당연히 내 직감이었지만, 그다음에 반응한 건 세계의 울부짖음이었다. 그리고 하늘이 찢겨 나가고, 저것들이 하늘을 메웠다.

저것들. 저게 뭔지 모르겠다. 모양만 보면 하늘을 나는 배처럼 보이는데, 재질은 철도 나무도 플라스틱도 아니다. 마치 어떤 생물체의 위장을 억지로 끄집어낸 겉과 속이 반대로 되도록 뒤집어놓은 것 같이 보이는 불결하고 혐오스러운 외견을 취하고 있었다.

"악마 전함이로군."

야코프가 얼굴 표정을 잔뜩 굳힌 채 말했다.

"악마 전함이라고?"

아니, 악마가 전함을? 나는 그런 의미로 한 말이었지만, 야코프는 한술 더 떴다.

"그래, 저 정도면 함대 규모겠지. 악마 함대야."

야코프가 익숙하게 말하는 걸 보니 교단에게 있어선 악마가 전함을, 그것도 동시에 다수 운용하는 건 별로 이상한 일은 아닌 것 같았다.

"만마전의 악마 전함은 교단과의 조약으로 건조가 금지된 걸로 아는데……. 세상에, 함대를 이룰 정도로 잔뜩 만들다니. 교단의 감찰관은 대체 뭘 한 거지?"

아니, 내 착각이었다. 이미 전쟁에서 꺼내서 썼고 져서 군축까지 당한 모양이었다. 그리고 야코프의 의문은 그 스스로가 직접 해결했다.

"젠장, 브뤼스만이 수를 썼군! 적에게 힘을 실어주다니, 놈은 대체 무슨 생각이지?"

그런 야코프의 혼잣말에 나는 헛웃음을 터뜨리지 않을 수 없었다.

"아군을 죽이려고 변경 차원에 던져놓고 통신과 보급을 끊는 놈한테 지금 와서 그런 소릴?"

"…그러고 보니 그랬지. 그 빌어먹을 인면독사 놈!!"

내 말에 퍼뜩 정신을 차린 듯, 야코프는 이를 한 차례 갈고는 즉시 외쳤다.

"전군! 전투준비!!"

야코프의 벼락과도 같은 외침과 동시에 주둔지 전역에 경보음이 울려 퍼졌다. 나를 도와 밭을 일구던 병사들이 나는 듯 뛰어다니며 병장기를 챙겨 장비하고 도열했다.

나라고 멍하니 앉아 있을 순 없지. 아니, 나보다 먼저 저들의 습격을 알아차린 사람은 없다. 나는 이미 준비를 끝내놓은 상태다. 12문의 천자총통이 이미 방열되어 발사 명령만을 기다리고 있고, 항마력 위주로 미리 세팅해 둔 모든 무장을 착용 완료해 둔 상태였다.

"거참, 이 장비들을 또 쓸까 싶었는데 결국 쓰게 되네."

나와 야코프는 그동안 술 먹고 놀기만 한 게 아니었다. 서로 간에 교환해야 할 정보는 어느 정도 교환해 둔 상태였다.

그리고 브뤼스만이 만마전과의 연결 고리를 갖고 있는 게 거의 확실하며, 그렇기에 다음 습격에 악마들을 동원할 가능성이 높다는 것에는 의견을 함께했다.

그래서 나와 우리 일행, 그리고 크루세이더 군단은 이미 악마를 상대로 싸울 준비를 어느 정도 갖춰놓았다.

어느 정도는.

"그런데 저렇게까지 많이 올 줄은 몰랐지."

야코프도 마찬가지 생각인 모양인지 혀를 찼다.

"솔직히 말해 승산은 별로 높진 않아 보이네."

"그렇다고 도망갈 수 있나?"

"없지. 각개격파 당할 뿐."

그렇다면야 선택지는 하나뿐이다.

*   *   *

악마 여왕 비토리야나는 지상의 시야에 비친 크루세이더 주둔지를 보며 싱그럽게 웃었다.

"후… 크루세이더 놈들인가. 저놈들도 오래간만에 보는군. 놈들의 손에 얼마나 많은 악마들이 죽어나갔던지."

그 혼잣말을 곁에서 들으며, 타천사는 오들오들 떨었다. 왜냐하면 비토리야나의 이어진 말에는 한 터럭의 분노도 묻어나지 않았기 때문이다.

"악마 숫자를 그렇게 줄여주다니, 참으로 선하고 정의로운 놈들 아닌가. 그땐 신세를 많이 졌지. 아하하핫!"

그 웃음소리는 천사의 그것을 연상케 했다. 그러나 정작 그 웃음소릴 듣는 타천사는 가슴이 서늘해지는 느낌밖에 들지 않았다. 그것은 악마 여왕이 이렇게 웃은 후 내릴 명령에 대해 미리 알고 있기 때문일 터였다.

"크루세이더들은 모두 죽여라. 그리고 그 영혼을 수확해 와라!"

달콤한 목소리로 내려진 말살 명령은 별로 크게 울리지도 않았고 멀리 퍼지지도 않았다. 왜냐하면 그 명령은 요식 행위에 지나지 않기 때문이다.

"단, 이진혁에게는 상처 하나 입히지 마라."

정신감응을 통해 여왕의 명령을 받은 악마 군주들이 악마 전함으로부터 출격했다. 휘하의 기사들을 잔뜩 거느린 백작급이 10개체. 그 뒤를 자작급과 남작급이 따랐다. 그 규모는

적어도 10개 군단. 그러나 이조차 악마 함대의 전체 전력의
절반도 채 되지 않는다.

패배할 요소가 없다.

비토리아나는 그렇게 생각했다.

쿠콰콰콰쾅!

그녀가 생각하던 것보다 한 타이밍 빠르게 포격음이 들리
기 전까진.

                    *   *   *

"이야, 하늘을 다 덮었네. 그냥 막 쏴도 다 맞겠다! 발사!!"

쿠콰콰콰쾅!

내 발사 호령에 맞춰 12문의 천자총통이 불을 뿜었다. 그
사거리는 종래의 무려 2배.

[선수필승][패시브]

─등급: 희귀(Rare)

─숙련도: S랭크

─효과: 포격 시 100%만큼 사거리가 길어진다. 사거리로 인한
피해 감소를 50%만큼 경감한다. 이 포격으로 적이 피해를 입었고,
반격하지 못하는 상태라면 다음 포격으로 인한 피해를 100% 추가
로 받는다. 이 효과는 중첩될 수 있다.

[포대 지휘자] 10레벨 달성으로 새로 얻은 이 스킬 더미다. 이럴 줄 알고 미리 레벨을 올려두길 잘했지. 1레벨 올리는 게 고작이었고, S랭크를 따는 데 시간이 꽤 아슬아슬했지만 S랭크 옵션이 사기 그 자체였다.

포격 피해 증가를 중첩시키다니! 이거라면 상대가 아무리 강력한 악마라 하더라도 그 뿔에 금이나마 가게 할 수 있을 것이다.

당연히 발사하는 건 [강화 마법포탄 생성]으로 만들어낸 빛속성 포탄. 여기에 [예의 살]을 겹친다. 원래 [예의 살]은 투사체에 신살의 힘을 담는 능력밖에 없어서 악마를 상대하는 데는 별 도움이 안 될 것 같지만… 보라!

[예의 살(Missile of Sundowners)]
—등급: 전설(Legend)
—숙련도: S랭크
—효과: 다음에 발사하는 투사체에 신살의 힘을 담는다. [예의 살]은 스킬에 막히지 않는다.

S랭크를 달고 새로 생긴 옵션이 이거다. 스킬 방어 무시! 지금 당장 보기엔 신살의 힘보다 이게 더 굳침 나오는 옵션이다. 스친 상처라도 입었다면 추가 피해를 입힐 수 있는 [선수

필승]과의 시너지가 빛을 발한다!

당연하다는 듯이 [자동 재장전]이 발동했고, 바로 다음 포격을 행했다.

"발사!"

쿠콰콰콰쾅! 쿠콰콰콰쾅! 퍼퍼퍼퍼펑!!

[격마의 탄환]―[완전수] 축성을 받은 탄환을 3번 적중시킬 때마다 최대 3배의 추가 피해를 입힐 수 있다. 이 효과는 단일 적을 집중적으로 타격할 때 극대화된다.

[선수필승]의 중첩 피해와 [완전수] 효과가 합쳐져, 첫 번째와 두 번째 포격보다 훨씬 화려한 폭발이 하늘 저편을 수놓았다. 악마들이 죽어나간다! 약한 놈들부터 터져 나간다!

―레벨 업!

이윽고 그것들은 모두 경험치가 되어, 나를 더욱 강하게 해주었다. 내게 보탬이 되어주었다.

"좋아, 좋아! 하하하핫!!"

포탄 처먹어라! 처먹고 떨어져라! 떨어져서 죽어라! 죽어서 내게 경험치를 바쳐라!!

"발사! 발사, 발사!!"

쿠콰콰콰쾅! 쿠콰콰콰쾅! 쿠콰콰콰쾅! 퍼펴퍼퍼펑!!

*   *   *

"흐흐훗, 크흐흐흐훗!"

비토리야나는 몸을 떨며 기뻐하고 있었다. 그녀에게 이 세
상의 것이 아닌 기쁨을 선사하고 있는 것은 그녀와 정신파로
연결된 악마들의 단말마였다. 동족들이 죽어나가는 것을 느
낄 때마다, 비토리야나는 극상의 쾌락에 몸부림쳤다.

"역시 나의 사랑! 아니, 하지만 이 정도일 줄은 몰랐어!!"

단순한 하수인이나 권속뿐만 아니라, 기사 작위를 얻은 악
마들도 이진혁의 포격에 의해 죽어나가고 있었다. 시간이 지
날수록 포격에 의한 타격은 커져갔고, 그 가속도는 걷잡을 수
없어 피해는 기하급수적으로 늘어가고 있었다.

"이진혁을 상처 입히지 말라는 명령은 철회한다! 저격마
들을 배치해! 응사하라!! 방패마, 앞으로! 스킬이 아니라 마
기로 방어막을 쳐라!! 예비대! 출격하라! 잃은 병력의 틈을
메워!!"

여기서 쾌락에 젖어 정신을 놓아버릴 악마였다면, 비토리야
나 에르제베트는 여왕의 자리에 오르지 못했을 것이다. 그녀
는 빠르게 반성하고 적절한 대책을 내어놓았다.

"거리를 좁히는 데 집착하지 말고 되도록 피해를 적게 입도

록 유념하여 전진하라!"

정신파에서 느껴지는 부하들의 신뢰에 비토리야나는 아름다운 미간을 찌푸렸다. 불쾌한 감각이었다. 그러나 전쟁에는 필요한 것이기도 하기에, 비토리야나는 정신파를 끊어버리지는 않았다.

"쏴라!!"

타타타탕! 수만 마리의 저격마들이 동시에 악마 탄을 쏴 갈기는 소리가 경쾌하게 들렸다. 이진혁을 노리는 악마 탄의 궤적이 하늘에 수를 놓았다.

"고작 이런 걸로 돌아가시진 않을 거라 믿어요, 달링."

비토리야나가 이진혁을 노려보며 중얼거렸다. 물론 이 말이 휘하에 전달되지 않도록 정신파를 살짝 끊어놓는 건 잊지 않고서.

*　　　*　　　*

직감이 먼저 반응했다. 총탄이 날아드는 소리는 그다음에 들렸다.

"흥!"

나는 미리 저축해 놓은 악마에 대한 증오심을 마기로 바꾸어내 전면에 흩뿌렸다. 진한 마기가 안개보다는 스모그에 더 가깝게, 찐득찐득하게 뭉쳐 벽을 이루었다.

위기감이 위장을 자글자글 태운다. 기분 좋은 자극이다. 그래, 아직 기분이 좋을 뿐이다. 이런 건 진짜 위기가 아니냐. 통제된 위험은 즐거움에 지나지 않는다.

저것들이 완전히 접근하기 전까지, 내게 위험한 일이란 없다!

피융!

악마의 탄환 하나가 내 귀를 스치고 지나가 귓불을 날려 버렸지만 상관없다. 애초에 치명상을 입힐 만한 궤도에만 마기를 집중시켰으니까. 그 외의 궤도로 날아오는 탄환은 몸으로 받아도 큰 문제가 없다.

마기의 스모그를 펼침으로써 내 시야도 완전히 가려졌지만 그런 거야 아무래도 좋다.

"발사!"

발사된 직후, 열세 발의 포탄이 모두 정확히 적들을 향해 떨어졌음을 직감했다. 그랬다. 직감의 힘이다. 당연하다는 듯 발동된 [자동 재장전]. 쉴 새 없이 쏴붙여야 한다.

발사, 발사.

콰콰콰콰쾅! 콰콰콰콰쾅! 불을 뿜는 천자총통이 요란하다.

귀가 멀어버릴 것 같으나 내 귀는 쉽게 상하지 않는다.

알고 있다. 우위를 점할 수 있는 건 오직 거리가 벌어져 있을 때뿐이다. 거리가 좁혀지면 그 뒤부터는 압도적인 불리함

만이 남는다. 그 전까지 최대한 적의 수를 줄여야 한다.

사실을 말하자면, 상황은 절망적이었다. 발사.

콰콰콰콰쾅!

내 뒤에 선 크루세이더들의 숨결이 거칠어지는 것이 느껴졌다. 전투가 다가옴을 그들도 느끼고 있다. 근접전은 그들의 몫이다. 그리고 그들이 많이는 살아남을 수 없으리라.

피융! 또 한 발의 총탄이 내 왼팔 상박을 꿰뚫고 지나갔다. 이런 거 맞는다고 죽지 않는다. 그러나 마기의 스모그가 막아내는 총탄의 수가 줄어들고 있음은 확연했다. 발사.

발사!

차차차창! 크루세이더들이 칼을 뽑아 드는 소리가 등 뒤에서 들렸다. 야코프가 뭐라고 소리를 질렀고, 크루세이더들도 그에 답해 뭐라고 소리를 질렀다. 쿵쿵쿵! 방패를 땅에 구르는 소리. 이런 게 무슨 의미가 있는가? 있을 것이다. 적어도 조금이라도 덜 두려울 테니까.

죽음이.

발사!!

나도 진리의 검을 쥔 오른손에 힘을 주었다.

[필사즉생]

그래, 상황은 이미 불리해져 있었다. 알고 있다. 알고 있었다. 그러나 그렇다고 내가 해야 할 일이 바뀌지는 않는다. 발사. 그리고 발사.

타앙!

"발, 카악!"

총탄이 목에 꽂혀 발음이 이상하게 나가고 말았다. 하핫, 스타일 다 구기는군. 물론 난 이 정도로 죽진 않는다.

"이진혀어어억!!"

야코프의 목소리가 들렸다. 사격을 멈추라는 신호다. 이 신호가 뜻하는 바는 매우 명백했다.

"하악."

목을 꿰뚫은 총탄 때문에 발음이 샜다. 나는 손을 휘둘러 매캐한 포연을 치웠다. 어느새 적은 코앞이었다. 악마들이 몰려들어 와 있었다. 거참 반갑군.

백병전의 시작이다.

*   *   *

이진혁은 모르고 있다.

야코프는 그의 뒷모습을 보면서 이빨을 드러내어 보이며 웃었다. 턱에 힘을 주지 않으면 이가 따다닥 소릴 내며 부딪힐 것 같았기에, 그는 이를 악물 수밖에 없었다. 그 탓에 기껏 지은 미소가 부자연스럽게 되어버리고 말았다.

크게 신경 쓸 일은 아니다.

식은땀이 등을 흠뻑 적신다 한들, 손가락 끝이 달달 떨린다 한들 별로 큰일은 아니다. 더 정확히 하자면, 이제부터는 큰일이 아니게 되었다.

광휘가 피어오르고 있었다.

"하핫."

야코프는 상쾌한 웃음을 터뜨렸다. 절망적인 전투를 앞에 두고, 암울함과 긴장에 사로잡혀 있던 게 마치 10년 전의 일 같았다.

'오라다.'

이진혁에게서 촉발된 황금빛 오라는 어느새 군단 전체를 뒤덮고 있었다.

이진혁에게 이런 능력이 있을 줄은 몰랐다. 아마 이진혁 본인도 모르거나 잊고 있거나 할 터다. 그러나 그가 지닌 힘은 분명 크루세이더 군단 전원에게 전달되고 있었다.

[충무] 오라: 전투력과 사기가 상승하고, 즉사를 무효화한다.

이진혁의 [천자총통]의 필사즉생이 발동하면서, 그가 주변에 흩뿌린 버프의 효과가 이것이었다. 상태창의 짧은 한 줄이지만, 그 효과는 극적이었다.

군단장인 야코프는 휘하 병력의 변화를 일목요연하게 캐치

할 수 있었다. 칼을 빼어 들고 방패를 땅에 구르던 병사들의 움직임이 멈췄다. 그럴 필요가 없기 때문이다.

용기를 가장할 필요가 없다.

진짜 용기가 샘솟으니까!

"이진혀어어어어어어억!!"

야코프는 목이 터져라 외쳤다. 사전에 조율해 둔 신호였으나, 조금 너 크게 내었다. 그러지 않으면 저 끊임없는 포성에 자신의 목소리가 묻혀 버릴 것 같았기 때문이다.

이진혁이 뒤를 돌아보았다. 그러나 그것도 일순에 지나지 않았다.

포격이 멈췄다. 신호는 전달되었다.

백병전의 시간, 크루세이더의 시간이다.

"돌! 겨어어어어어어억!!"

와아아아아아아!! 고막을 터뜨려 버릴 것 같은 노호성이 전장을 뒤덮었다. 황금빛 오라에 뒤덮인 정의의 군대가 악마의 무리를 향해, 터럭만큼의 공포조차도 드러내지 않고 나아갔다.

콰가가가가각!!

칼과 뿔이 부딪히는 소리가 파괴적으로 울려 퍼졌다.

"아아아아!"

그중에서도 가장 눈에 띄는 것은 다름 아닌 이진혁이었다. 그동안 그렇게 열심히 포를 쐈으면 이제 좀 뒤로 물러날 만한

데도, 놈은 군단의 선봉장이 되어 불꽃의 검을 휘두르고 있었다.

이진혁의 머리 위의 [진은 헤일로]는 신성한 빛을 찬란하게 내뿜고 있었다. 마치 전설 속의 대천사장, 우리엘과도 같은 모습이었다.

"하핫."

교단의 적이라고 브리핑해 온 존재가 교단의 전설적인 존재처럼 보이다니. 이것도 아이러니한 일이다.

"우리도 지고만 있을 순 없지."

야코프는 씨익 웃었다. 숨을 크게 한 번 빨아들인 후, 그는 큰 소리로 호령했다.

"전군! 힘을 하나로 모아! 악적을 베는 검이 되리니!!"

그 호령으로 군단 스킬이 발동했다.

[군단의 검]
─등급: 군단, 유일(Corps, Unique)
─숙련도: A랭크
─효과: 사기를 소모한다. [군단의 검]을 생성한다. 소모한 사기와 군단의 훈련도, 레벨 총합에 따라 효과가 달라진다.

크루세이더 12군단의 모든 구성원은 모두 크루세이더 직업 최고 레벨을 달성한 상태였다. 좀처럼 사기가 떨어지는 일도 없었고, 훈련도도 최상의 상태를 유지했다. 그렇기에 야코프가 [군단의 검]을 사용할 때마다 그 검의 크기와 위력은 일정한 편이었다.

그러나 이번에 생성된 [군단의 검]은 그 어느 때보다도 거대했고, 강대했고, 찬란한 빛을 발하고 있었다. 이진혁이 주재한 회식에서 레벨 상한을 돌파했고, [충무] 오라의 효과로 그 어느 때보다 사기가 높았기 때문이다.

그렇기에 이 검을 휘두를 자는 정해져 있었다.

"이진혀어어어어어억!!"

야코프는 그의 이름을 외쳤다.

"베어라아아아아아아앗!!"

검을 벨 자의 이름을.

*   *   *

나는 오른손에 든 진리의 검에 태어나서 처음 보는 거대한 기운이 맺히는 것을 느꼈다.

[군단의 검]

내게 무슨 일이 일어난 건지는 간파만 켜도 알 수 있는 일이었다. 그리고 이제부터 내가 무엇을 해야 하는지도 직감적으로 깨달을 수 있었다. 그것은 대단히 직관적이고 당연한 행위였다.

"벤다!"

나는 거대한 군단의 검을 휘저었다. 군단의 검이 닿은 곳마다 악마들이 폭발하듯 터져 나가고 있었다. 마치 풍선을 베는 것처럼. 본래 베는 목적의 검일 터인데, 깃들어 있는 파괴력이 너무 세다 보니 칼날이 악마들의 살갗을 파고들기도 전에 터뜨려 버리는 탓이었다.

─레벨 업!

일검에 벤 악마들이 워낙 많다 보니 바로 레벨 업을 해버리고 말았다. 물론 지금의 나는 크루세이더들과 경험치 보상을 공유하고 있었지만, 저들은 레벨 한계에 도달했기 때문에 내게 모든 경험치가 몰리는 것 같았다.

약간 잃은 생명력과 체력, 그리고 포를 쏘느라 대량으로 소모한 마력이 다시 완전히 차올랐다. 조금 더 대담하게 움직여도 될 듯했다.

"이야아아아압!"

나는 앞으로 크게 치고나가며 칼을 옆으로 휘둘렀다. 원래대로라면 주변의 크루세이더들 때문에 이런 큰 동작은 무리가 있었으나 전면에 크게 나섰기에 가능해졌다. 더 많은 악마들이 터져 나갔다.

"카앙!"

그런데 검이 막혔다. 검을 막아낸 악마가 날 노려보며 외쳤다.

"네놈! 이 악마 군주……."

"시끄럽다!"

뭐라고 자기소개를 하려던 것 같아서 끝까지 들어주지 않고 그냥 놈을 향해 [바즈라다라의 바즈라]를 집어 던졌다. 놈은 바즈라를 입으로 받고선 비명도 없이 그대로 펑 터져 버렸다.

[항마의 칼날] 풀 스택에 [항마의 뇌명]을 정통으로 얻어맞았으니, 막았다곤 해도 이미 [군주의 검]을 받아내느라 마기를 소모한 남작급이 버텨낼 재간이 없었다.

─레벨 업!

"제길……!"

남작급을 베어내고 레벨 업을 했지만, 나는 순수하게 기뻐할 순 없었다.

남작급을 [군단의 검] 일검으로 처리하지 못했다는 건 이 싸움이 그만큼 쉽게 풀리지 않으리라는 전조와도 같았기 때문이다. 적진에는 남작급만 해도 우글거리는 데다, 곧 자작급도 전장에 합류할 것이다.

바즈라가 다시 내 손으로 돌아왔다. 나는 바즈라에도 신성을 잔뜩 불어넣어 [항마의 칼날]을 길게 뽑아내었다. 이런 식의 활용은 신성 소모가 심해 피하고 싶었지만 일이 이렇게 된 이상 어쩔 수 없다.

"끄아아아아아압!!"

나는 뱃심을 꽉 주고 두 자루의 칼을 휘둘러 대었다. 그러자 이제 남작급들도 감히 내 검을 받아낼 생각을 못하고 물러나기 시작했다.

좋아, 적의 예봉을 꺾고 진출을 막았다.

"와아아아아아!!"

크루세이더들도 내 활약에 힘입어 사기가 오른 듯, 함성을 질러대었다. 그러자 [군단의 검]이 더 커지고 예리해지는 게 아닌가!

"아아아아압!"

기회다! 나는 앞으로 나서서 다시 한번 군단의 검을 크게 휘둘러 악마 남작 앞을 막아서는 악마 기사들의 투구를 깨부수고 그 갑옷을 헤집어 죽여 버렸다.

"아아아악!"

"으아악, 괴물이다!"

적들의 비명, 단말마, 기겁한 외침은 내 머리를 뜨겁게 달궜다.

"괴물은 너희들이겠지!"

나는 크게 소리 지르며 악마 군주들의 권속들을 쉴 새 없이 베고 찌르고 죽였다. 자신들이 도망치기 위해 권속들을 앞으로 내밀고, 권속들은 주인의 명령을 거부하지 못하고 내 칼에 목을 내밀 수밖에 없었다.

권속들을 아무리 죽여 봐야 악마가 죽진 않지만, 그 마기를 줄이고 힘을 쇠하게 하는 데는 효과가 있다.

게다가 전투 경험치! 인류연맹의 퀘스트 보상으로 추가 경험치! 이제 와선 덤인 느낌이 강하긴 하지만 그래도 사람을 홀리듯 반짝이는 금화!

설령 이게 적들의 술수라 한들 내가 거부할 이유는 없었다.

"하아아아압!"

나는 마력을 끌어올려 빛 속성을 덮어씌우고 전신으로 발출했다. 그러자 나 자신이 휘황찬란하게 빛났다.

악마 군주 본인이라면 모를까, 고작 권속들이 이 빛을 받고도 무사할 리는 없었다.

"갸아아아악!!"

놈들의 눈, 혹은 눈에 해당하는 부위가 불타오른다! 그렇게 빈틈을 노출해서야 썰어달라는 말이나 다름없다.

"썰어 죽인다!"

나는 순간적이나마 무방비해진 놈들을 향해 요리 재료를

채 써는 요리사처럼 두 자루의 칼을 휘둘러 대었다.

맛있다! 경험치!

덤으로 금화!!

Chapter 3

　대체 얼마나 많은 악마들을 죽였을까. 머릿속이 멍해질 정
도로 적을 베고 죽였다. 이 와중에도 경험치는 계속 올랐고,
간헐적으로 레벨 업을 거듭해 체력과 마력은 부족하지 않았
다.

　다음 순간, 나는 찌리릿 하는 직감의 경고를 들었다.

　뭐지? 위험하다고?

　반사적으로 한 발자국 물러난 나는 그제야 악마 남작들이
날 유인하기 위해 일부러 거리를 유지하며 후퇴하고 있다는
것을 알아차릴 수 있게 되었다.

　크루세이더의 좌군과 우군이 전진해 악마들이 포위망을 좁

히지 못하도록 버텨주고 있었지만, 내가 몇 발자국만 더 앞으로 갔다간 나 혼자 싸 먹혔을 터였다.

더욱이 [군단의 검]이 명멸하고 있었다. 스킬 유지 시간이 끝난 모양이로군. 이래서야 앞에 나서서 혼자 날뛰는 건 지양하는 게 낫겠다 싶었다.

"한 마리만 더!"

나는 뒤로 두 발짝 물러나며 [비즈리다리의 바즈라]를 집어 던졌다. 다시 거리를 좁히기 위해 다가오던 악마 남작 한 마리가 희생양이 되었다.

─레벨 업!

그야 흥분할 만도 하지. 이걸로 포대 지휘자 20레벨을 달성했으니까. 악마 군주의 권속들과 악마 기사들을 수없이 쓰러뜨린 결과물이 이거다.

15레벨 때 얻은 [포대 재배치]에 이어 20레벨에 도달해 드디어 [대파괴 오케스트라]를 익혔다. 물론 둘 다 아직 연습 랭크라 지금 당장 큰 도움이 되지는 않겠지만 그래도 의미가 없는 건 아니다.

나를 비롯한 아군도 앞으로 나서지 않고 적들도 나서지 않으니, 자연스럽게 전선이 구축되었다. 그 틈을 타 나는 [포대 재배치]를 사용해 어느새 후방으로 물러나 있던 [천자총통]들을 슥 끌어왔다.

마치 염동력처럼 보이지만 사용하는 자원은 어디까지나 체력이다. [포대 재배치]의 랭크가 낮아 한 번에 하나씩만 끌어올 수 있으니 답답하다.

─랭크 업!

D랭크 정도 되니 재배치시킬 수 있는 포 숫자가 4대로 늘어 시간은 획기적으로 줄어들었다. 그리고 내 앞쪽, 최전방에 배치한 대포들을 [동시 방열]로 다시 다 방열시켰다.

내가 아무 생각 없이 싸우고만 있었던 건 아니다. 레벨 업을 하면서 회복되는 마력을 잘 아껴서 [강화 마법포탄 생성]에 다 쏟아부어 두었다. 물론 전투는 하면서 말이다. 그래서 거의 다 소모해 됐던 빛 속성 포탄의 재고를 확보해 둔 상태였다.

[대파괴 오케스트라]
─등급: 매우 희귀(Super Rare)
─숙련도: 연습 랭크
─효과: [동시사격] 가능한 포를 모두 발사한다. 포의 궤적은 자동적으로 제어되어 시전자가 지정한 적을 타격하고, 아군은 피한다. 한번 발동하면 따로 사격 명령을 내리지 않아도 자동적으로

재장전/발사된다. 이는 시전자가 스킬 사용을 정지하거나 마력이나 체력이 완전히 소모될 때까지 계속된다.

스킬 설명은 길고 화려하나 이것 자체만으로는 별로 위협적이지는 않다. 그냥 일반 마법포 사격과 위력 자체는 똑같다. 연습 랭크인 탓도 있겠지만.

그러나 나는 포격의 위력을 증대시킬 수 있는 여러 수단을 가지고 있다. 그리고 이 스킬이 없을 때까지는 매초마다 계속 [동시사격] 스킬을 쓰느라 손실되는 전투 기회를 감수해야 했는데, 이제는 그럴 필요가 없다.

말 그대로, 이로써 나는 포격과 다른 스킬 공격을 동시에 할 수 있게 되었다.

타타타탕!

저 멀리서 저격마들이 악마 탄을 쏴대는 소리가 들렸다. 내가 다른 적들과 뒤엉켜 혼전을 치르고 있을 때는 불가능했던 저격이지만, 이제는 그렇지 않으니 당연한 수순이었다.

하지만 그건 이쪽도 마찬가지다.

"왜 너희들이 거리를 좁히려고 들었는지 벌써 잊은 모양이로군!"

나는 당당히 외치며 바로 [대파괴 오케스트라]를 발동했다. 12문의 화포가 동시에 불을 뿜었고, 다시 불을 뿜었고, 또 불을 뿜었다. 와, 이거 내가 일일이 사격 명령을 내릴 때보다 빠르고 격렬한 것 같은데? 인벤토리의 [강화 마법포탄]이 줄어드는 속도가 장난이 아니다.

적들의 저격은 마기 스모그에 막혔지만, 내 포격은 눈앞의 적들 머리 위로 넘어가 후방을 때렸다. 목표는 저격마들. 반드시 시야로 적을 확인할 필요 없이 직감만으로도 타겟팅이 가능하다는 게 마음에 든다. 경험치가 들어오는 걸 시스템 메시지로 확인한다. 수련치도 쌓였고.

랭크 업! 각 포격의 위력이 1% 증가한다는 옵션이 붙었다. 별로 높진 않지만 고작 F랭크의 옵션이다. 숙련도를 올리면 위력은 더 늘어난다는 소리겠지. 나쁘지 않다.

어쨌든 저격마들을 대충 처리해 내 한 몸의 위기를 덜었으니, 이번엔 적의 종심을 타격해 적 세력을 분단시키고 각개격파를 노려볼까 한다. 나는 그냥 시선을 쭉 돌려 새로운 포격 대상을 지정했다. 되게 편리하네.

포탄의 궤적은 거의 90도에 가깝게 올라갔다. 대부분의 적들이 비행 중인 것도 있고, 아군을 방해하지 않으려는 목적도 있었다.

화려한 폭발이 이어진다! 그저 보기에만 화려한 게 아니라, 내 스킬들의 보정을 다 받아 보이는 만큼 강력하다. 악마 군주급은 몰라도 기사급 미만은 거의 쓸어버리다시피 할 수 있다. 그런 포격이 쉴 새 없이 쏟아지고 있으니, 적들이 정신을 못 차리는 게 눈으로 보인다.

"돌격! 돌격하라!!"

내가 특별히 뭘 말해준 것도 아닌데, 야코프가 타이밍을 놓치지 않고 곧장 돌격 명령을 내렸다. 두터운 후방이 무너져 내림으로써, 사기가 떨어진 적들을 학살할 찬스였다.

크루세이더들이 돌격해 양면을 받쳐주니 나도 더 이상 포위를 걱정할 필요가 없어졌다. 그럼 나도 뒤쳐질 수 없지. 저것들은 내 경험치이며 내 금화니까!

나는 [진리의 검]을 쥔 손에 힘을 주곤 다시 전선을 향해 뛰쳐나갔다.

*   *   *

"…내가 생각했던 것보다 훨씬 잘 싸우네?"

악마 여왕 비토리아나는 입술을 삐죽거렸다.

물론 지금 이 순간에도 동족들이 죽어나가는 것은 그녀에게 여전히 쾌감을 선사해 주고 있으나, 이 자극에도 익숙해지고 말았다. 기사급 정도 죽어나가는 건 그녀에게 있어 더 이상 특별한 것이 될 수 없었다. 최소한 자작급 정도는 죽어야 다시 기쁨을 느낄 수 있을 터였다.

그러나 그녀가 입술을 삐죽이는 이유는 단순히 자극이 부족해서가 아니었다.

이진혁이 잘 싸우는 거야 기쁜 일이지만, 크루세이더는 다르다. 크루세이더는 단번에 심장을 꿰뚫어 죽여서 그 살을 잘 발라내 혼을 빼내고 말랑말랑해질 때까지 고문한 후에 어금 니로 잘근잘근 씹어야 속이 찰 대상이었다.

그런데 그 크루세이더들이 이 긴 싸움에도 몇 명 죽어나가 지 않았으니 비토리야나로서는 기분이 그리 좋을 리 없었다.

"이 정도 악마를 소모했다면 수확도 어느 정도 했어야지."

혀를 몇 번 찬 후, 비토리야나는 휘하의 악마에게 이렇게 지시했다.

"전략을 바꾸겠다. 소모전을 강요한다. 각 군주는 권속 위 주로 전선을 채워 밀어 넣어라."

만약 상대가 아직 레벨 업이 부족한 플레이어들이라면 자 충수가 될 가능성이 높은 전략이었다. 약한 아군이 죽어나가 며 적들에게 경험치를 주고 성장시킬 테니까.

그러나 적들은 이미 만렙에 도달한 크루세이더들이다. 이진 혁도 저렇게 강한 걸 보니 이미 만렙은 찍은 것 같고. 그러니 권속을 통한 소모전은 플레이어 상대로도 유효한 훌륭한 전 략으로 탈바꿈된다.

"이제 지치기만 기다리면 되겠군."

지시를 내린 후, 비토리야나는 손톱을 다듬기 시작했다.

적들도 레벨이 높은 플레이어고, 강건 능력치도 낮지 않다. 완전히 지치게 만드는 데는 시간이 조금 걸릴 것이다. 손톱을 다듬을 시간 정도는 있어 보였다.

"완전히 지치게 만든 후에 내 취향대로 요리해야지."

비토리아나의 고혹적인 시선은 전장의 이진혁을 향하고 있었다.

*   *   *

[대파괴 오케스트라]의 랭크가 어느새 B에 달했다. 메시지가 뜰 때마다 그냥 반사적으로 랭크 업을 눌러주고 있던 터라 이렇게까지 오른 줄 몰랐는데, 나도 모르는 새 강적들 몇 명을 포격으로 죽였나 보다. 레벨 업도 두 번인가 세 번인가 더 했고.

"후욱, 후욱."

생명력과 체력과 마력에는 문제가 없는데 너무 오래 싸워서 그런지 입에서 단내가 났다. 몇 시간쯤 싸운 걸까? 다섯 시간? 고작 다섯 시간 칼을 휘둘렀다고 지칠 내가 아니다. 그럼 10시간? 그 정돈 됐겠다 싶었다.

[마신참]

마기를 잔뜩 소모해 거대한 악마 권속 한 마리를 간신히 베어냈다. 뭐가 이렇게 커? 건물에서 다리가 돋아나 걸어 다니는 줄 알았다.

─레벨 업!

하지만 그만큼 경험치를 많이 줘서 다행이지.

"하아! 후……."

거칠어진 숨이 단번에 진정된다. 그나저나 마기를 다 써버렸군. 다시 채워야겠어.

[악마에 대한 증오심]

자해로 인해 생명력이 퍼센티지 단위로 깎여 나가며, 다시 악마에 대한 증오심이 차올랐다. 이것도 당장 여유가 있으니 가능하지, 이 이상으로 전투가 격해지면 힘들어질 거다.

그래도 생명력은 레벨 업 하면 채워지는 자원이라 다행이다. 마력을 써서 회복해도 될 거고.

앞으론 레벨 업으로 회복할 수 없는 자원을 아껴야겠다. …는 것도 배부른 발상이다. 마기나 신성도 없이 어떻게 강대한 악마 군주들을 무찌르겠는가.

그래도 신성보다는 마기 위주로 싸우는 게 최선일 것 같았다. 아무리 진은제 헤일로가 있다지만 신성의 자연 회복을 기다리는 건 너무 오래 걸리고, 그나마 생명력을 소모해서라도 즉시 쌓을 수 있는 마기 쪽이 아무래도 더 저렴한 자원이니.

"후!"

자, 한숨 돌렸으니 다시 싸워볼까. 쉬고 있을 새가 없다. 악마 군대는 전략을 소모전으로 바꿨는지, 악마 본체들은 좀처럼 나서지 않고 권속들만 계속 내보내고 있다.

나야 경험치를 잔뜩 얻고 레벨 업을 노릴 수 있어서 좋지만, 크루세이더들은 그렇지 않았다. 이미 꽤 많은 부상병들이 후방으로 실려 나갔고, 사망자도 여럿 발생했다.

전쟁에서 전사자가 나오는 건 흔한 일이지만 총원이 100명 정도 밖에 안 되는 크루세이더 군단에선 빈자리 하나가 주는 무게감이 결코 가볍지 않다. 결국 적들의 전술이 꽤 유효했다고 봐야겠지. 이걸 뒤엎으려면 내가 소모된 크루세이더들 전력을 메울 수 있어야 한다.

다행히 내겐 그 수단이 있다.

방금 전에 생겼다.

[대파격 세일]

─등급: 유일(Unique)

─숙련도: C랭크

─효과: 발동 중 사격에 소모되는 탄환의 양을 50% 줄인다. 12% 확률로 사격한 탄환을 재생성한다.

이건 25레벨에 얻은 스킬로, 방금 전에 C랭크를 찍었다.

[대파격 세일]의 탄환 재생성 발동 확률은 12%. 그러나 255+에 달하는 행운 보정으로 인해 거의 항상 발동한다. 이게 무슨 뜻이냐, 포를 쏠 때마다 오히려 포탄이 늘어나게 되었다는 뜻이다.

하지만 상황을 뒤엎을 수단이란 건 이 스킬을 말하는 게 아니다.

[창고 대방출]
ㅡ등급: 유일(Unique)
ㅡ숙련도: 연습 랭크
ㅡ효과: 발동 중 사격에 소모되는 탄환의 양을 10% 늘린다. 추가로 소모되는 탄환의 양만큼 사격의 위력, 사거리, 피해 범위, 추가 효과를 강화한다.

30레벨에 도달해 얻은 이 스킬이 바로 열쇠가 될 것이다. 이미 얻은 여러 스킬 덕의 포탄의 위력이 곱절로 불어나는데, 여기에 곱셈 연산이 될 변수가 하나 더 늘어난 셈이니까.

물론 아직은 연습 랭크라 큰 보정을 기대하긴 어렵다. 하지만 적들이 소모전을 펼치고 있는 이상, 숙련도를 쌓는 건 시간문제라 봐야 한다.

ㅡ랭크 업!

*   *   *

[대파괴 오케스트라]는 지금도 연주 중이며, 그렇기에 [창고 대방출]의 랭크 업은 너무 쉬웠다. 강적 수련치를 필요로 하지 않는 C랭크까지는 금방 오르겠지.

게다가 보라. 고작 F랭크가 되었음에도 [창고 대방출]의 보정은 20%로, 2배로 늘었다. 탄환 소모율도 그만큼 늘긴 했지만 아직은 [대파격 세일]로 인해 새끼 치고 불어나는 포탄 쪽이 더 많았다. 둘 다 S랭크를 찍어야 균형이 맞게 될 터. 지금 생각할 일은 아니다.

증가한 위력은 고작 20%라 할 수 있을 정도가 아니었다. 이전까지였다면 두 발은 맞춰야 했던 악마 권속을 이젠 단 한 방에 증발시킬 수 있게 되었으니까.

적 세력이 보내는 권속의 벽은 조금 전보다 훨씬 빠르게 녹아내리고 있었다. 수련치도 빠르게 차오르고 있었고 말이다. 좋아, 랭크 업! E랭크는 30%. 이대로 10%씩 증가한다면 C랭크엔 50%가 되겠군.

간헐적으로 대형 권속들이 스스로를 벽으로 세워 접근해 아군 대형에 권속 무리를 밀어 넣는 일이 이제는 더 이상 발생하지 않고 있었다. [대파괴 오케스트라]의 화망이 충분한 저지력을 갖추게 되었다는 무엇보다 확실한 근거였다.

그로 인해 전방에서 상처를 입고 물러나는 크루세이더의 수보다, 후방에서 치료를 받고 자기 자리로 복귀하는 크루세이더의 숫자가 조금 더 많아졌다. 앞으론 더 많아질 테지.

"됐군."

나는 미소 지었다. 이제 소모전으로 아군 전력을 갉아먹는 전술은 더 이상 통하지 않게 되었다. 고비 하나를 넘은 셈이다.

그래도 불리한 상황에서 켜지는 패시브 효과인 [필사즉생]이 꺼지지 않았고, 내 직감은 아직도 위험하다고 외치고 있으니 적의 저력은 아직 바닥을 드러내지 않은 상태라고 봐야겠지.

적이 새로운 전술을 생각해 내기 전에 얼른 경험치를 벌어서 레벨 업이라도 더 해야겠다.

*　　　*　　　*

몇 시간이 지난 후, 비토리야나는 자신의 판단이 틀렸다는 것을 깨달았다.

12시간에 가까운 전투 시간 동안 이진혁은 별로 지친 기색을 보이지 않았다.

크루세이더들이야 원래 끈질긴 놈들이라 크게 놀라울 일은 아니지만 최전방에 서서 계속해서 검을 휘두르고 포를 쏴대는 이진혁이 저렇게 불굴의 지구력을 보이는 건 경이로운 일이다.

크루세이더조차 전방의 병사와 후방의 병사가 위치를 바꿔 가며 치유와 회복, 휴식을 취하고 있는데 말이다.

"체력이 자동으로 회복되는 고유 특성이라도 지니고 있는 건가? …아니면 설마 아직도 레벨 업 중인 건가?"

체력이나 지구력 계열의 고유 특성을 지니고 있지 않다면, 다음으로 떠오르는 것이 레벨 업으로 인한 체력 회복이다.

레벨 업을 먼저 떠올리지 않는 건 레벨 한계 때문이었다. 저 정도로 악마 권속을 썰어 먹었으면 최종 레벨에 도달해도 이상하지 않으니.

순간적으로 불가능한 일이라 생각했지만, 이진혁의 포격이 점점 더 강력해진다는 수하들의 보고는 가능성이 낮은 쪽의 가설에 힘을 보탰다.

"어떻게 그런 게 가능할 수 있지?"

그러나 지금은 그런 걸 궁금해할 때가 아니었다. 만약 이진혁이 무제한적으로 레벨 업을 하는 고유 특성의 소유자라면, 권속을 밀어 넣어 상대의 소모를 유도하는 지금의 전략은 오히려 적에게 보탬을 주는 격이 되는 셈이니 말이다.

어느 쪽이건 전략의 방향을 바꿀 필요가 있었다.

잠깐 고민하던 비토리야나는 답을 입에 올렸다.

"현 시간부로 소모전을 종료한다. 아르크 후작, 시엘 백작,

라앙 백작. 전면에 나서 적들을 짓밟아 버리도록."

자신의 오판에 대해서는 단 한마디도 입에 내지 않은 채, 비토리야나는 그저 미리 예정되었던 작전을 시행하듯 명령을 전파했다.

"이진혁은 죽여선 안 된다. 살려서 제압해라."

이 한 줄의 명령은 잊지 않고 추가했지만 말이다.

*   *   *

"이런, 젠장."

내 입에서 너무나 자연스럽게 욕설이 흘러나왔다.

"대응이 너무 빠르잖아."

악마 전함에서 거대한 악마 군주가 셋이나 튀어나오더니, 맨 앞에 서서 내 포격을 몸으로 다 받아내고 있다.

악마란 놈들이 어떤 놈들인데 자기 부하나 권속을 위해서 공격을 대신 받아주겠나. 뤼펠이 자기 권속을 들어다 내 공격을 막았던 기억이 아직 흐릿해지지도 않았다.

그래서 바로 알아챌 수 있었다. 저건 누군가가 명령했기에 가능한 일이다. 명령자는 당연히 함대의 지휘관일 테고.

아무리 내 포격이 좀 세졌다고 한들, 저 정도 되는 악마 군주를 상대로는 별 힘을 쓰지 못할 수밖에 없다. 포격의 저지력은 악마 군주들이 몸에 두른 마기에 의해 간단하게 상쇄되었고, 군주들은 성큼성큼 이쪽으로 다가오고 있었다.

어느 정도 가까워졌다 싶더니만, 가장 거대한 악마 군주기 갑자기 거대한 마기의 덩어리를 뭉쳐 야구 투수처럼 이쪽을 향해 던지는 게 아닌가!

"이런 거 좋아하지, 또 내가!!"

궤도만 보면 날 지나쳐 크루세이더들을 휩쓸어 버릴 기세였지만, 나는 굳이 그 덩어리 앞을 막아서서 내 몸으로 받아냈다.

[반환의 권능]

저 악마 군주가 던진 마기 덩어리는 스킬이었기 때문에, 내 반환의 권능으로 충분히 무효화시킬 수 있었다.

그러나 [간파]로 해당 스킬을 뜯지는 못했다. [반격의 신]이 신화급임에도 못 뜯어냈다는 건, 저 스킬이 권능급이거나 그에 준하는 스킬이었다는 소리밖에 안 된다.

뭐, 악마들이 신성을 운용하리라고는 생각하기 힘드니, 실제로는 신화급도 권능급도 아닌 악마들만의 스킬이겠지만 말이다. [간파]로도 안 보이니 [반환의 권능]이 아니었다면 그냥 맞아서 죽었을지도 모르겠다.

"하, 아직 최종 보스는 나오지도 않았는데 벌써 버겁네."

저쪽 악마 군주도 회심의 일격이 싱겁게 막힌 것에 놀란 듯 날 노려보고 있다. 노려보면 어쩔 거야. 그런다고 우리가 이제부터 할 게 크게 달라지나?

"죽고 죽이는 싸움밖에 안 남은 사이잖아, 우리는!!"

나는 벼락같이 외치며 [바즈라다라의 바즈라]를 집어 던졌다. 상대가 악마 군주다. 신성을 잔뜩 불어넣어 [항마의 뇌명] 효과까지 활성화시킨 일격이었다.

파지지직!

궤적에 전광을 남기며 바즈라가 공간을 찢었다. 가장 거대한 악마 군주는 손바닥을 앞으로 내밀어 바즈라를 받아냈다. 그건 별로 좋은 발상은 아니었다.

꽈르릉!

바즈라가 적중한 악마 군주의 손바닥에 벼락이 떨어졌다. [항마의 뇌명] 효과였다. 악마 군주도 피해를 입은 듯 움찔 굳었다. 내 입장에서야 겨우 그 정도 반응인 거에 실망을 느꼈지만, 악마 군주로서는 놀랍고 화가 나는지 눈동자에 이채를 띠며 입을 열었다.

"필멸자여. 그대가 여왕의 선택을 받지 않았다면 이 아르크 후작에게 상처를 입힌 죄로 천년의 고문을 받았을 것이다."

"여왕의 선택? 네놈들의 악마 함대를 지휘하는 게 여왕인가 보지?"

대답을 바라고 한 질문은 아니었다. 하기야 상대의 보스가 누구든 무슨 상관인가. 어차피 칼과 스킬의 대화밖에 남지 않있는데. 입 벌리는 것도 아깝다!

"그렇다. 여왕의 총애를 받을 자여. 그대가 부럽군."

그러나 놀랍게도 악마 군주 아르크가 내 질문에 대답했다.

"그대는 쾌락과 열락의 끝을 맛보며 여왕에게 삼켜질 것이
다!"

이어진 말이 너무 어이가 없어서 나는 웃어버리고 말았다.

"그게 부럽냐! 변태 새꺄!"

"한낱 필멸자가 소멸의 기쁨을 알겠는가? 이해할 수 있을
거라곤 생각지 않았다."

코웃음을 치며 내 비난을 흘려낸 악마 군주 아르크는 뒤를
돌아보며 자신을 따라온 다른 두 악마 군주에게 명령했다.

"시엘 백작, 라앙 백작. 그대들은 크루세이더들을 쓸어버리
라. 이자는 내가 맡지. 생각보다 강하군."

이놈은 후작에, 다른 둘은 백작인가. 그야 강할 만도 하군.
두 백작은 후작의 명령에 공손히 대답했다.

"알겠습니다. 후작님."

"명령에 따르겠습니다."

아무튼 이야기를 들어보니 뭐가 어떻게 된 건지 알겠다.

이놈들, 여왕인지 뭔지 자기네 사령관한테 날 죽이지 말라
는 명령을 받은 모양이로군? 그렇다면 쓸 만한 계책이 하나 있
지. 나는 진리의 검을 쳐들고 신성을 불어넣으며 외쳤다.

"[낙원의 수호자]!"

그러자 내 등 뒤에 있던 크루세이더들에게 황금빛 광휘가 둘러지며, 그들이 있던 지역이 [성지]로 지정되었다. 그리고 날 지나쳐 크루세이더에게 향하려던 두 백작이 밀쳐져 꼴사납게 나뒹굴었다.

[진리의 검]의 옵션, [낙원의 수호자]는 내 방어력을 올리고 [성지]로 지정한 영역에 대해 적의 침입을 막을 수 있다. 이제 저 두 백작 놈들도 날 죽이고 나서야 여길 지나갈 수 있게 된 거다. 그런데 저놈들은 날 못 죽이잖아? 저놈들 입장에선 답도 없는 상황에 처하게 된 거다.

"뭣?!"

"그 검! 교단의 더러운 유물이로군!!"

두 백작이 진리의 검을 알아본 건지 그런 소릴 했다. 이 유물, 유명한 거였나? 하긴 신화급 유물 검이니 유명할 수도 있지. 뭐, 그거야 지금에 이르러선 아무래도 좋을 일이다.

"여길 지나려면 날 죽이고 지나가라!"

난 씨익 웃으며 도발하듯 외쳤다. 아니, 도발하듯이 아니라 그냥 도발이지.

"이 필멸자가!"

"식료품 주제에!!"

후작은 별 반응을 보이지는 않았지만, 백작 둘은 이를 득득 갈아대었다. 그렇군, 악마들은 인간을 식료품 취급하는군. 별로 충격적인 소리는 아니다.

"이진혁!"

성지 안에 있는 야코프가 내 이름을 외쳤다. 왜 그렇게 처절하게 외쳐? 내가 희생이라도 할 것 같아서 그러나? 나는 한 번 씨익 웃어주곤 마주 외쳐줬다.

"야코프, 그거나 해줘! 쿨타임 지났지?"

"…알겠다!"

[군단의 검]

오, 눈치 빠르군. 야코프. 하긴 그러니 군단장까지 했겠지. 나는 다시금 진리의 검을 축으로 돋아난 거대한 광휘의 검을 휘둘러 악마 군주들을 가리켰다.

"목숨을 내놔라! 경험치를 내놔라! 내 성장의 밑거름이 돼라!!"

"필멸자 주제에 악마 군주를 잡아먹겠다? 재미있군."

이번 도발은 후작에게도 먹힌 모양인지, 아르크 후작은 이를 드러내어 보였다.

"시엘 백작, 라앙 백작! 놈을 제압하라!"

"명령대로!"

"말씀에 따르겠나이다!"

*　　　　*　　　　*

"음?"

혹시나 탈출구가 없을까 쓰레기 더미 속을 뒤지고 다니던 카자크는 자신이 정체불명의 오두막 주변에 설치해 뒀던 [감시자의 수정]에 익숙한 이의 모습이 비쳤음을 알아챘다.

"…그 여자군."

다른 여자가 아니라 카자크를 이제껏 감금하고 고문했던 바로 그 여자였다. 카자크는 자신이 여자의 이름도 모르고 직책도 모른다는 것을 새삼 깨달았다.

어쨌든 카자크의 배신욕에 눈에 띄는 충족감이 느껴지지 않는 것으로 보아 여자는 아직까지도 그의 탈출을 눈치채지 못한 모양이었다.

그녀는 꽤 다급해 보였고 바빠 보였다. 아마 일에 치여 카자크를 감금해 뒀던 안가에 갈 틈도 없는 것이리라.

카자크로서는 아쉬운 일이기에, 그는 입맛을 다시며 수정에서 송출되는 영상을 바라보았다.

오두막에 들어갔던 여자는 2시간쯤 있다가 헐레벌떡 오두막에서 나와 뛰어갔다. 그리고 뭔가 스킬을 써서 사라졌는데, 아마 차원 도약 스킬일 터였다.

"빌어먹을."

여자가 사라진 장소를 보고, 카자크는 나지막하게 욕설을 내뱉었다. 여자가 굳이 자신의 마력을 소모해 차원 도약을 행했다는 건 곧 이 차원을 떠날 다른 방법이 없다는 말과 같았다.

카자크도 차원 도약 정도는 할 줄 안다. 그러나 교단의 차원 도약 스킬은 정해진 장소에서 도약 지점의 도움을 받아 행해진다. 카자크가 같은 방법을 썼다간 체포당하는 게 고작일 터. 이미 그는 교단의 적으로 지정당한 지 오래였다.

사실 지난 며칠간의 수색으로 어느 정도 감은 잡았다. 이 차원에서 떠날 방법이 없을지도 모른다는 생각도 했다. 그러나 그게 현실로 밝혀지자 아무리 카자크라도 어질어질해질 수밖에 없었다.

"아니, 아니지."

그러나 카자크는 곧 마음을 다잡았다.

"아직 안 가본 곳이 한 군데 있지."

수상한 오두막. 여자가 헐레벌떡 뛰어 들어갔다가 헐레벌떡 뛰쳐나오는 저 작은 통나무집.

매우 높은 확률로, 저 오두막에는 여자의 상사가 있을 거다.

"안에 호랑이가 있든, 귀신이 나오든."

다른 방법이 없으니 어쩔 수 없다.

"가봐야겠어."

카자크는 쓰레기 더미 사이에서 몸을 일으켰다.

   *   *   *

 아무래도 내 실력에 조금쯤은 더 자신감을 가져도 될 것 같았다.

 "야아아아압!"

 [군단의 검]이 라앙 백작의 마기 방어막을 찢어발겼다. 그리고 끊임없이 쏟아지는 빛 속성의 포탄이 그 사이로 쏟아져 들어가 유효한 피해를 입힌다!

 "큭! 식료품 주제에 내 피부에 상처를 남기다니!!"

 유효하다곤 해도 스친 상처에 불과할 뿐이지만, 피해를 입혔다는 것에 의의를 두자.

 "집중해라, 라앙! 놈을 잡아둬라!!"

 "어림 없다!"

 쾅!

 시엘 백작이 내 머리 위로 뛰어올라 사각을 노리지만, 그 순간 발동한 [천자총통]의 [울돌목]이 놈을 밀쳐낸다!!

 "…이런!"

 백작의 반응을 보아하니 별 피해는 받지 않은 것 같았지만 사각에서의 합공을 막아냈다는 것만 해도 의의가 있다.

 물론 이게 순전히 나만의 힘인 것은 아니다. 내가 백작급 악마 군주의 마기 방어막을 찢어발길 수 있는 건 어디까지나 크루세이더 군단의 전투력과 사기를 흡수해 만들어낸 [군단의 검이 있기에 가능한 일이었으니까.

그래도 백작 둘을 상대로 조금도 밀려나지 않는다는 것에 내 성장이 돋보인다. 뤼펠은 백작급도 안 됐는데 그놈 하날 잡는 데도 그 고생을 했지만, 지금은 어쨌든 맞서 싸울 수 있으니 단순 계산으로도 나는 그때보다 두 배 이상 강해진 셈이다.

…아니, 알고 있다. 그냥 막아서는 것만으로는 부족하다. 백작 둘을 상대로 고전해서야, 여왕을 상대로 살아남기란 요원하다는 사실을 나도 깨닫고 있다. 상황은 여전히 암담한 채다.

그렇다고 안 싸울 수도 없지 않은가? 여기서 악마의 식료품으로 전락할 수야 없지. 아르크 후작은 날 죽이지 않겠다고 천명했지만, 그렇다고 여기서 항복하면 여왕에게 끌려가 잡아먹힐 미래밖에 남지 않으리라.

그러고 보니 저 후작 놈은 아까부터 싸움에 끼어들고 있지 않다. 현실적으로 볼 땐 다행한 일이지만, 팔짱 끼고 뒤에서 지켜만 보고 있는 놈의 태도에 내 속은 적잖이 타들어간다.

―랭크 업!

그나마 저 강적들에게 유효타를 먹이면서 성장하는 포대 지휘자 스킬들만이 위안이다. [대파괴 오케스트라], [대파격 세일], [창고 대방출] 모두 B랭크를 찍었다. 이제 문제는 강적 처치 수련치인데, 이 둘 중에 한 놈만 죽여도 A랭크로 랭크 업이 가능할 것 같았다.

그런데 그게 쉬워야 말이지.

"하아아아아압!"

나는 다음 일격을 뿌려 이번엔 시엘 백작의 마기 방어막을 찢어냈다. 그리고 그 속살을 노린 포탄들이 날카롭게 날아들었다.

"큭! 이런!!"

그러자 시엘 백작이 낭패한 듯 반응했다. 보아하니 방어력은 시엘 쪽이 약간 부족한 것 같았고, 포대 지휘자 스킬들이 한꺼번에 랭크 업 한 게 시너지 효과를 일으키며 예상외로 큰 피해를 준 것 같았다.

그럼 이야기가 달라지지! 이제부터 시엘 백작만 노린다!!

"여기서 한 번 죽어라!"

[마신참]

나는 아껴오던 마기를 잔뜩 써서 [군단의 검]으로 악마 사냥꾼의 스킬을 쓰는 기행을 벌였다. 그리고 그건 그럭저럭 괜찮은 시너지를 내었다. 피해를 받은 탓에 마기 방어막을 아직 제대로 재생하지 못한 시엘 백작의 본체에 피해를 입힐 수 있었으니까.

퍼억! 콰콰콰콰쾅!

가슴팍에 찔러 넣은 참격에 포격의 추가타가 이어진다.

"억!? 아아아악!!"

시엘 백작이 처연한 비명을 토해냈다. 됐다, 드디어 뚫었다!

그렇게 생각할 때였다. 직감이 내게 경고를 토해냈다. 팔짱을 끼고 이쪽을 바라보고 있던 아르크 후작이 이때만을 기다렸다는 듯 번개 같은 일격을 날렸다.

"큭!"

이건 못 막는다! 판단을 내린 나는 그냥 그 일격을 맞았다. 과연 악마 군주, 그 일격은 날 단번에 빈사 상태로 몰아넣는 것에 성공했다.

"…아프잖아!"

빈사 상태라는 건 안 죽었단 소리다. 그야 그렇다. 지금 내겐 [천자총통]의 [필사즉생]이 발동해 있었고, [필사즉생]의 [충무] 오라는 즉사 무효 효과를 부여해 주니까.

그러나 즉사 무효란 건 피해를 완전히 무효화시켜 주는 효과가 아니다. 그 일격에 내 전신은 이미 너덜너덜해져 있었다. 아마 지금 한 대 더 맞으면 죽게 되겠지.

하지만 그건 걱정할 필요가 없다. 놈들은 날 못 죽이니까!

나는 오히려 죽이라는 식으로 목을 내민 채, 시엘 백작에게 찔러 넣은 [군단의 검]을 더욱 깊숙하게 밀어 넣고 신성을 잔뜩 불어넣어 [진리의 검] 옵션인 [불꽃의 검]까지 발동했다. 여기에 하나 더!

[멸마의 빛(Destroyer Laser)]
—등급: 전설
—숙련도: S랭크
—효과: 마기를 소모한다. 빛 속성의 에너지 공격을 가한다.

악마 사냥꾼의 30레벨 스킬, [멸마의 빛]까지! 그동안은 마기 소모가 너무 격렬해서 아껴왔지만 지금은 피해를 줄 수 있는 게 확실한 상황이다! 쓸 수 있는 건 다 써야지!!

"끄르르륵!"

내 전신에서 발하는 멸마의 빛과 마를 사르는 신성한 불꽃이 시엘 백작을 불태웠다!

그리고 그것으로 끝난 게 아니었다. [군단의 검]이 파고들어 마기 방어막을 찢어내 놓고 있는 한, [대파괴 오케스트라]의 포격은 멈출 줄 모르고 날아드니까.

콰콰콰콰쾅, 하고 폭발이 계속해서 일어난다.

"끄어어어억!!"

"네놈, 그 칼을 거둬라!!"

시엘 백작이 거의 죽을 거 같아 보이니 라앙 백작이 당황한 듯 날카로운 손톱으로 날 찌르려 들었다. 나는 눈도 깜짝하지 않았다 죽일 테면 죽이라지!

"큭, 이놈!"

아니나 다를까, 라앙 백작의 손톱은 내게 닿기 직전에 멈췄다.

"흐, [마신참]!"

나는 아예 [악마에 대한 증오심]의 S랭크 옵션인 [특정 악마에 대한 증오심]의 대상을 시엘 백작으로 지정하고 다시 한번 [마신참]을 발해 크게 베어내었다. [멸마의 빛]으로 바닥을 드러내기 시작한 마기의 마지막까지 긁어낸 회심의 일격이다!

퍼억!

"끄어어억!"

아까보다 두 배 강력해진 일격에, 결국 시엘 백작은 어깨부터 심장까지의 살덩이를 내게 내주고 말았다.

그리고 그 뒤를 이은 포격! 쿠콰콰콰쾅!

"까악!"

시엘 백작은 단말마를 토해내었고, 직후에 펑! 하고 한차례 큰 폭발이 일어났다. 폭연이 그친 자리에 시엘의 모습은 없었다.

"허억, 허억! 해치웠다!"

물론 완전히 죽은 건 아니다. 악마 군주는 그렇게 쉽게 죽는 존재가 아니니까. 그냥 한 번 죽고 부활하러 간 거겠지. 이거 한 번으로 완전히 죽일 수 있을 거라 기대도 안

했다.

게다가 지금의 내겐 이걸로 충분했다.

―레벨 업!
―레벨 업!
―레벨 업!
―레벨 업!
―레벨 업!

다섯 차례에 걸친 레벨 업! 그리고 포대 지휘자 스킬들의 랭크 업!! 드디어 [대파괴 오케스트라]를 비롯한 고레벨 포격 스킬들이 A랭크를 찍었다!!

"제일 무서운 게 복리이자라더니……."

직감이 내게 보여주는 비전이 바뀌었다. 암담하게만 보였던 전투에 갑자기 승기가 보였다.

"네, 네노오오오오옴!!"

시엘 백작의 죽음에, 라앙 백작이 발광했다. 어, 저놈 지나치게 흥분한 것 같은데? 날 죽이지 말라는 명령도 잊은 것 같다. 너무 빠르다!

푸욱!

"으억!"

사람 몸보다 큰 손톱이 날 그대로 찢어발겼고, 나는 그대로 사망했다.

[대마불사]

내게 아무 스킬도 없었다면 진짜로 사망했겠지.

하지만 [진리명경]의 옵션인 [대마불사] 덕에 살았다. 죽는 대신 신성을 소모하고 생명력과 체력을 완전히 회복시켜 주는 옵션! 이 옵션을 한 번 소모했기에 이제 쿨타임이 다 지날 때까지 같은 식으로 살아남긴 힘들겠지만, 아무튼 살아남았다는 게 중요하다.

라앙 백작이 별 스킬을 쓰지 않고 그냥 날 찢어발겨 죽였다는 것도 다행한 일이었다. 만약 권능급 스킬로 날 죽였다면 신화 유일급 스킬인 [진리명경]의 옵션으로 되살아나는 건 불가능한 일이었을 테니까.

젠장, 방심했어! 이런 식으로 소모할 [대마불사]가 아니었는데!

"야, 나 죽이지 말라는 명령 받았다며!?"

말 그대로 죽다 살아난 내가 화를 내니, 라앙 백작은 순간적으로 움찔했다. 역시 이성을 잃었던 거였군.

"어, 어떻게 해야 합니까, 후작님!"

안절부절못하다가 스스로는 결론을 못 내겠는지, 라앙 백작은 아르크 후작을 돌아보며 물었다.

"와! 빈틈!!"

주는 선물은 안 가리고 받는 게 내 스타일이다. 나는 라앙 백작이 내게 준 빈틈이라는 선물을 [군단의 검]으로 받아 챙겼다.

콰직!

"크억!"

[군단의 검]의 일격이 라앙 백작의 마기 방어막을 찢고 파고 들어 가 단단해 보이는 거죽을 난도질했고, 그 틈으로 A랭크로 성장한 포격 스킬들이 위력을 발휘했다.

콰콰콰쾅!

"끄어억!"

나는 포격을 계속하면서 뒤로 물러나 [악마에 대한 증오]를 사용해 소모했던 마기를 다시 채웠다. 그 대가로 생명력이 많이 깎였지만, 어차피 놈들은 날 못 죽이니 큰 상관은 없는 일이었다.

"야, 이게 되네?"

여왕이 누군지 몰라도 고맙다는 인사는 해야 할 것 같았다. 날 죽이지 말라는 명령이 없었더라면 절대 이런 상황은 만들어지지 않았을 테니까.

*   *   *

악마 여왕 비토리야나는 자신 휘하의 악마 군주 백작 두 명이 죽어나가는 정신 파동을 음미했다. 그것은 실로 감미로운 쾌락이었으나, 비토리야나로서는 곤란함을 가져다주는 신호이기도 했다.

왜냐하면 백작 둘을 잡아먹음으로써 이진혁이 더 강해졌기 때문이다.

아르크 후작은 이진혁을 죽이지 않기 위해 안간힘을 쓰고 있었으나, 이젠 그것도 힘들어 보였다.

힘을 조절해 가며 싸우는 것도 상대와 실력 차가 클 때나 쉬운 것이다. 아직 이진혁이 아르크 후작보다 강해진 것은 아니지만, 이제는 후작이 이진혁을 압도한다고는 볼 수 없었다. 그 정도로 차이가 줄어들었다.

"어쩐다……."

비토리야나가 평범한 악마였다면 충동대로 이진혁이 아르크를 죽이도록 유도해, 단말마를 듣는 쾌락을 즐겼을 것이다. 그리고 솔직히 그러고 싶은 마음이 더 강하긴 했다. 비토리야나는 이진혁에게 적지 않은 호의를 품고 있었으나, 아르크를 상대로는 그렇지 않았으니까.

하지만 그녀는 여왕이다. 평범한 악마와는 다른 결정을 내릴 책임이 있었다.

그럼에도 불구하고.

"그냥 죽게 둘까?"

비토리야나는 결국 평범한 결정을 내렸다. 그러나 그 결정을 내린 이유는 평범한 악마처럼 단순하지 않았다.

'확신이 필요해.'

이진혁은 이레귤러다.

12시간에 걸친 전투 끝에도 계속해서 강해지고 있었다. 여기에 악마 백작을 죽일 때마다 입었던 상처가 치유되고 떨어졌던 체력이 회복되었다. 그가 레벨 업을 하고 있다는 증거였다. 이번에는 주의 깊게 그를 주시했기에 확실하게 알 수 있었다.

원래대로라면 있을 수 없는 일이다. 플레이어들은 그냥 싸우기만 한다고 계속해서 강해지는 게 아니다. 모두가 언젠가는 레벨 한계에 도달한다. 그 한계를 뚫기 위해서는 시간과 공을 들여 퀘스트를 수행하고 전직을 해야 한다.

'하지만 이진혁은 전직하는 기색도 보이지 않았지.'

인류연맹에 '레벨 업 마스터'라는 디바이스가 존재한다는 건 비토리야나도 알고 있다. 만신전이나 만마전, 그리고 저 증오스러운 교단에도 비슷한 게 있다. 전직 서비스를 제공하고 전직에 드는 수고를 크게 줄여주는 디바이스.

그러나 이진혁이 이 긴 전투 중에 레벨 업 마스터 비슷해 보이는 것도 꺼낸 적은 없었다. 그는 한 번도 쉬지 않고 치열하고 격렬하게 싸우고 있었다.

그런데도 계속해서 레벨 업을 한다?

이것이 가리키는 바는 하나밖에 없었다.

'한계돌파.'

특성이든 아이템이든 어떤 방식으로든, 이진혁은 한계돌파
를 할 수단을 갖고 있다.

Chapter 4

    아직까지는 가설이다. 그렇지만 만약 이진혁이 후작을 잡고
도 레벨 업을 한다면 더 이상 가설의 영역은 아닐 것이다. 이
미 이진혁은 4차 전직 직업의 레벨 한계에 도달하고도 남을
경험치를 얻었으니까.

    비토리야나는 그걸 확인해야 했다.

    만약 가설이 참으로 드러난다면…….

    "아무나 아는 것은 아니지. 한계돌파가 얼마나 귀중한 특성
인지를."

    어중간하게 강해져 조직에 속한 자들은 힘의 성장이 멈추
면 다른 욕망을 채우려 든다. 그것은 소유욕일 수도 있고 성

욕일 수도 있으며, 명예욕일 수도 있고 권력욕일 수도 있다. 아직 기어 올라갈 자리가 남아 있는 이들은 경쟁에서 이기고 위에 올라가는 것에 집중한다.

그러나 비토리야냐는 다르다. 이미 한 세력의 가장 높은 첨단에 앉은 악마 여왕은 안다.

다른 모든 것은 부질없으며 가장 중요한 것은 순수한 힘이라는 깃을.

문제는 힘을 쌓는 데는 한계가 존재한다는 것이다.

그것은 절망이다. 자신의 가치가 여기까지고, 더 이상은 나아질 일이 없다는 것을 깨닫는 것.

더불어 그것은 체념이다. 한계를 받아들이고, 이 자리에서 최선을 다하기로 마음을 먹는 것.

그렇기에 비토리야냐는 교단에 줄을 댔다. 브뤼스만이라는 자에게 목줄을 내주는 대신, 그녀는 여왕의 자리에 올랐다. 자신의 힘만으로 안 된다면 다른 이의 힘을 빌리는 것이 삶의 지혜라고 생각했기에 가능했던 판단이었다.

그 판단이 왜 굴욕이 아니겠는가? 누가 바라서 자기 스스로 누군가에게 자신의 목줄을 내준단 말인가? 하는 수 없이 내린 결정이었다.

하지만 만약 여기서 더 강해질 수 있다면? 이걸로 끝나 버린 게 아니라면?

같은 결정을 내리진 않을 것이다.

비토리야나가 이진혁을 바라보는 시선의 성질이 바뀌었다. 그것은 더 이상 식욕도 애욕도 아닌 다른 무언가였다. 그것의 이름은 바로 야망이었다.

"빨리 죽어라, 후작."

비토리야나는 냉혹한 혼잣말을 나지막하게 흘렸다. 여왕의 책임이니 뭐니, 더 이상 아랑곳할 이유가 없었다. 책임감은 야망의 불꽃으로 살라 버렸다.

그런 여왕을 타천사가 바라보고 있었다. 여왕은 깨닫지 못했다. 그 타천사의 눈동자 또한 야망에 물들어 있음을. 자신과 같은 생각을 하고 있음을.

타천사는 슬쩍 여왕의 대전을 벗어났다.

야망에 불타는 여왕은 그것을 알아채지 못했다.

*　　　*　　　*

[군단의 검]이 더 커졌다.

그럴 만도 했다. [군단의 검]은 군단의 사기를 먹고 자란다. 그런데 그 군단의 사기가 하늘을 찌르고 있으니, 군단의 검이 커지는 것은 당연한 일이었다.

눈앞의 사내, 이진혁이 자신들을 대리해 악마 백작을 두 개체나 쓰러뜨렸다. 그것이 얼마나 대단한 일인지 그는 알까?

애초에 크루세이더 군단 하나는 악마 기사단 하나와 맞서

기 위한 편제다. 그리고 악마 백작은 기사단 하나보다도 더 강력한 존재다. 크루세이더 군단이 백작 하나를 상대하기도 힘들다는 이야기다.

더군다나 혼자서 둘을 상대한다고 말하는 건 간단하지만 실제로는 쉽지 않다. 그런데 이진혁은 셋을 상대하면서 둘을 쓰러뜨렸다. 불가능한 일을 해낸 셈이다.

물론 백작들이 당한 건 그들이 이진혁을 죽이지 않고 제압하려 들었다가 불벼락을 맞은 탓이다. 어째서 악마들이 이진혁을 죽이지 않으려 하는지 크루세이더들은 모른다. 그러나 그 사실이 사기를 낮추는 요인은 되지 않았다.

어차피 여기서 죽음을 각오한 목숨이다. 죽는 것보다는 사는 게 낫다. 생물의 본능이 크루세이더들의 뇌수를 자글자글 끓인다.

"와아아아아아아!!"

함성!

이것은 단순한 응원이 아니다. 사람은 소리를 지름으로써 스스로를 북돋을 수 있다. 크루세이더들은 이미 인간이 아니지만, 인류와의 공통점은 있다. 그것도 누가 지르라고 해서 지른 함성이 아니거니와, 억지로 지른 함성도 아니다.

누군가의 자연스럽게 나온 함성은 크루세이더 전원의 것이 되었고, 그것은 사기 상승으로 이어졌다.

[군단의 검]이 더욱 찬란한 빛을 뿜어낸다.

상대는 후작. 이성적으로 생각하면 이길 수 있는 상대가 아니다.

하지만.

어쩌면! 혹시?!

이진혁이라는 남자의 등에는 그런 기대를 갖게 하는 신비한 힘이 있었다.

더욱이 이진혁이 벌어준 시간 덕에 부상병들은 치유되었고 사망자들도 부활하여 전선에 다시 섰다. 전선에서 빠져 있던 동료들이 돌아왔다.

현실적으로 보자면 기실 상황이 그리 크게 변하지 않았다 한들, 동료가 옆에 서 있다는 현상의 든든함은 크루세이더 일반병에게도 영향을 미쳤다.

"전원, 검을 들어 올려라!"

바로 그때, 군단장 야코프의 목소리가 터져 나왔다. 차차차창! 크루세이더들은 훈련받은 대로 검을 들어 올렸다.

"방패, 앞으로!!"

쿵쿵쿵쿵!!

크루세이더들의 방패가 대지를 두드렸다. 본래대로라면 전투 전에 억지로 사기를 끌어올리기 위한 의식적인 행동이, 지금은 사태의 절박함과 미약하나마 보인 희망의 빛으로 인해 그 효과를 더욱더 끌어올렸다.

"군가 실시! 군가! 군가는 멋진 크루세이더! 군가 시작!!"

이런 전면전 상황에서 군가라니? 정신 나간 행동 같지만 지금 가장 필요한 것이 바로 이거였다. 군가 그 자체가 아니라 사기를 고양시키고 유지시키는 것. 그리고 그 목적에 합당한 것이 군가였으니 안 할 이유가 없었다.

"멋있는! 크루세이더! 많고 많지만!!"

크루세이더들의 노랫소리가 전장에 울려 퍼졌다.

*　　　*　　　*

등 뒤에서 들리는 크루세이더들의 군가 소리에, 나는 처음에는 저것들이 날 놀리나 생각했다. 그러나 군가 소리가 드높아질수록 흉험해지는 [군단의 검]의 모습에 저 일견 무의미해 보이는 응원이 실제로 힘이 되고 있음을 깨달을 수밖에 없었다.

"큭!"

드디어 악마 군주, 아르크 후작이 한쪽 무릎을 꿇었다. 거의 산과 같은 그의 무릎을 꿇리기 위해 내가 집요하게 한쪽 다리를 찌르고 베고 두들겨 팬 덕이었다.

여전히 내가 아르크보다 약하지만, 그가 공격을 하려 할 때마다 내가 아예 몸을 던져가며 무방비 상태로 맞으려 들으니 그로서도 힘 조절이 쉽지 않을 것이다.

그리고 회피도 방어도 도외시하고 모든 것을 공격에 집중시키니, 아무리 악마 후작이라도 타격을 받지 않을 수 없게 된 결과가 이것이었다.

"네, 네놈!"

아르크의 눈이 살의로 붉게 타올랐다.

"왜? 아르크 후작. 소멸의 기쁨을 맛보고 싶지 않은가?"

나는 아르크를 상대로 빈정거렸다. 필멸자는 이해 못 하느니 하면서 꺼낸 아르크의 말을 그대로 그에게 돌려준 셈인데, 그는 역린이라도 찔린 듯 광분했다.

"여왕 폐하! 이 졸렬하고 하찮은 필멸자를! 살해 허가를!! 부디! 폐하!!"

얼마나 흥분했는지 말도 끝까지 제대로 안 나오는 모양이다.

나는 그를 비웃으며 다시 [군단의 검]을 휘둘렀다.

[마신참] [멸마의 빛]

아낌없이 스킬을 써 그의 마기 방어막을 찢어내고 피부에 상처를 내자, 그 틈을 비집고 S랭크 [대파괴 오케스트라]가 퍼부어졌다.

"이대로 계속 썰어서 나와 같은 눈높이까지 내려오도록 해 주마!"

나는 호언했다. 물론 도발을 위한 거였다.

"이놈! 감히! 네놈! …죽여 버리겠다!!"

머리끝까지 화가 치솟은 건지, 아르크는 그 거대한 주먹을 들어 날 향해 내리쳤다. 드디어 여왕의 명령을 거부하는 건가 싶지만, 실제로는 그렇지 않았다.

내 머리털 하나 건드리지 못하고, 주먹은 그 자리에서 멈췄다.

"으흑, 끄흑! 크허허헝!!"

여왕의 명령은 절대적인지, 아르크의 살의는 진짜였음에도 불구하고 주먹은 그의 의지와 상관없이 멈췄다.

"후… 꼴사납구나."

내가 그를 도발한 건 이 결과를 끌어내기 위해서였다. 나는 아르크의 손목을 해체하기 시작했다.

써걱! 쿠콰콰콰쾅!

"아아아악!"

아르크의 입에서 비명이 터져 나왔다. 수하들이 있을 때의 근엄하던 모습은 이제 생각도 안 난다.

"여왕 폐하! 최소한 병력이라도, 백작 두 놈이라도 하사하여 주소서!!"

그러나 그런 아르크의 피맺힌 절규에도 악마 함대 쪽에서는 어떤 반응도 보이지 않았다. 이대로 내게 다져져 죽는 걸 지켜보고자 하는 것 같았다.

"슬슬 소멸의 기쁨을 맞이해라, 아르크."

나는 그런 그에게 도발을 한 장 더 얹어주었다.

"아아아악! 으아아아악!!"

더 버티지 못하겠는지, 아르크는 그 자리에서 발광하듯 외침을 토해내다가 기이한 행동을 했다. 내게 등을 보이고 전력 질주. 그것은 바로 줄행랑이었다.

나한테서 도망치고 있다. 악마 후작씩이나 되는 놈이!!

"…어, 야! 가지 마!!"

그것은 내가 생각하던 것보다 통쾌한 광경이었기에 감상하느라 반응이 몇 초쯤 늦었다. 하지만 이대로 도주를 허용하면 경험치도 보상도 얻을 수 없다.

내가 죽여야 한다!!

"컥, 끄윽!!"

그런데 도망치던 아르크 후작의 발걸음이 멈췄다. 아니, 발걸음이 멈춘 정도가 아니다. 마치 누군가에게 뒷덜미를 붙잡히기라도 한 듯, 그 자리에 대롱대롱 매달려 버리고 말았다.

"하, 불쌍한 녀석. 도망치는 것도 허용이 안 되는구나."

나는 혀를 쯧쯧 찼다. 이건 내 순수하고 솔직한 감상이기도 했지만, 아르크의 속을 아예 뒤집어놓으려고 한 말이기도 했다.

"이제 그만 포기해라. 그리고 내 경험치가 돼라."

"끄어억! 미친! 이렇게 죽을 순 없어!! 내가 어떻게 후작까지 기어 올라왔는데!!"

악마 주제에 생에 대한 집착이 대단하다. 이젠 내 도발도 거의 먹히지 않을 정도니.

"이해하기 힘들군. 너희 종족은 어차피 한 번에 죽는 것도 아니잖아?"

어이가 없어서 솔직하게 물어봤더니, 아르크는 입에서 불을 내뿜으며 이렇게 대꾸해 왔다.

"네놈 따위가 어떻게 이해하겠는가! 악마에게는 목숨보다 귀한 것이 존재한단 말이다! 이 일련의 상황을 보고도 이해 못 하겠는가? 나는 여왕께 버려졌다는 것을! 설령 다시 부활하더라도 내가 이런 취급을 받았음을 모두가 안다!"

지리멸렬하고 모순적인 대답이었지만 무슨 소린지는 알겠다. 즉, 아르크는 지금 당장 한 번 죽는 것보다 후폭풍이 더 큰 사회적 죽음을 두려워하고 있었다.

"네놈이 날 이렇게 만들었다. 이것은 전부 네 탓……! 나는 네놈을 증오한다! 네놈을 뼈째 씹어버리지 못함이 이토록 한스러울 리 없다!"

"그걸 왜 내 탓을 해. 널 이 지경에 빠뜨린 건 여왕인데."

어이가 없어 내가 그렇게 지적하자, 아르크의 움직임이 순간적으로 굳었다.

"…그래, 맞아. 그걸 왜 몰랐지? 아니, 생각하려 하지 않은 것인가."

그 순간, 아르크의 기세가 변했다.

땅을 기며 바닥을 긁어대던 그는 추한 몸짓을 멈추고 그 자리에 제대로 섰다. 다시금 악마 군주라 불릴 법한 위세를 갖춘 그는 장엄한 목소리로 내게 이렇게 말했다.

"깨달음을 준 것에 감사한다. 버러지. 네놈은 특별히 한입에 삼켜주지."

"뭔······."

나는 항의하려 했지만, 곧 그만두었다. 의미가 없는 짓이기도 했지만, 그럴 여유가 사라지기도 했기 때문이다.

쿠구구구구구······.

땅이 울렸다. 이 진동은 한 번 느껴본 적이 있었다.

"이건······!"

뤼펠이 마계를 열 때였다.

"미친! 설마!! 여기서 마계를?!"

"그렇다, 식료품! 눈치가 빠르구나!!"

어마어마한 마기가 세상을 휩쓸었다.

뤼펠이 마계를 열 때는 멀리서 바라본 것이었고, 좀 강해졌다고는 하나 남작이었던 뤼펠이 연 거였다. 그러나 상대는 악마 후작 아르크, 뤼펠보다 몇 배는 강하다. 그가 여는 마계는 내게 있어서는 절망에 가까웠다.

직감이 내게 알려주고 있었다.

*   *   *

세계의 비명이 들렸다. 그리고 동시에, 그동안 소용했던 세계가 메시지를 띄웠다.

[세계 퀘스트]
─의뢰인: 세계
─분류: 구원
─난이도: 극도로 어려움
─임무 내용: 악마의 마계가 세계를 침식하고 있습니다. 구세주여, 부디 이 세계에 구원을!
─수락 보상: [세계의 힘 파편] 10개
─해결 보상: [레벨 업 쿠폰] 10매, [세계의 힘 파편] 10개

"…수락한다!"
아르크 후작이 마계를 열었다. 내게 다른 선택지가 있을 리 없었다. 퀘스트를 즉시 수락한 나는 수락 보상으로 [세계의 힘 파편]을 받자마자 그 파편을 찢어 세계의 힘 권역을 만들었다.
역시 후작급 악마 군주가 연 마계는 다른지, 마기에 의해 세계의 힘 권역이 오히려 쪼그라들고 있었다. 이대로 그냥 있으면 으스러질 것 같은 느낌에, 나는 세계의 힘 파편을 하나 더 찢어야 했다.

"네놈! 버러지! 일단 한 번 죽어라!!"

그때, 머리 위에서 어마어마한 압력이 느껴졌다. 아직 공격
이 여기까지 날아오지도 않았는데 그 여파만으로도 압력이
가해지는 탓이었다. 스킬은 아니지만 권능급에 달하는 일격!
직감도 이걸 피하지 못하면 죽음을 피하지 못할 거라고 고래
고래 소리를 지르고 있었다.

나는 당연히 피하려고 했다. 그러나 마계의 마기가 덩어리
지어 나를 압박하고 움직이지 못하게 했다. 식은땀이 등을 흠
뻑 적셨다.

"…날 못 죽이는 게 아니었나?"

"흥! 이 마계는 나의 권역! 내가 군주이며 내가 왕이다!! 설
령 여기서 토벌당해 죽어나간다 한들, 나는 당당히 서서 명예
롭게 죽겠다!!"

그런 거였나. 놈은 오로지 날 죽이기 위해 여왕에게 반역하
고 마계를 연 것이다. 그 정도 각오라면 어쩔 수 없지. 여기서
한 번 죽어줘야겠다. 뭐, 목숨이 하나뿐인 것도 아니고. [1UP 코
인도 세 개나 있는데 상관없지. 좀 아프긴 하겠지만 그거야 뭐
어쩔 수 없는 일이다.

나는 눈을 감고 양팔을 벌려 놈의 공격을 기다렸다.

그런데 공격이 날아오지 않는다. 뭐지? 기왕 이렇게 된 거
최대한 느리고 고통스럽게 죽이기 위해 일부러 공격 속도를
늦춘 건가? 하지만 눈을 뜬 나는 소스라치게 놀랐다.

"키르드!"

안젤라의 고유 특성 안에서 잘 숨어 있어야 할 키르드가 뛰어나와 공격을 대신 받아주고 있었기 때문이었다.

"드디어……! 드디어 제가 로드께 도움이……!!"

키르드의 말은 끝까지 이어지지 않았다. 마기에 잠식당해, 그 몸이 터져 나갔기 때문이다. 다행히 팔다리는 남았지만, 동체가 완전히 날아갔다. 즉사였다.

"야, 무슨! 어이없게!! 누가 이러라고 했어!!"

나는 키르드가 못 듣는다는 걸 알면서도 화를 냈다. 어떻게 보면 나를 위해 장렬한 희생을 한 거지만, 화가 먼저 나는 건 어쩔 수 없었다.

"[백년백련의 씨앗]이 [1UP 코인]보다 열 배는 비싼데!!"

뭐, 그래도 부활을 시켜주긴 할 거지만 말이다. 잘못해서 전신이 완전 소멸될 정도로 큰 피해를 받았다면 [백년백련의 씨앗]으로도 부활을 못 하지만 스킬 덕인지 사지나마 챙겼으니 부활을 시킬 수는 있는 상태였다.

이번에 부활시키고 나면 다시는 이런 짓을 하지 말라고 단단히 교육시켜야겠다.

"그건 그렇고."

어쨌든 키르드의 희생이 아주 의미가 없지는 않았다. 왜냐하면 그 희생으로 인해 [징벌의 권능]이 활성화되었기 때문이다. 이게 되네? 싶지만 사실 생각해 보면 당연한 결과였다. 키르드를 제물로 쓰던 로제펠트가 이런 식으로 권능의 사용 조건을 달성해 왔으니.

"로제펠트와 같은 방식으로 권능을 활성화시킨 건 별로 마음에 안 들지만."

그렇다고 쓸 수 있는 권능을 안 쓰는 것도 이상한 일이다. 더욱이 상대가 나보다 강한데 그런 허세를 부리고 있을 리 없었다.

"간다, 아르크!!"

나는 곧장 아르크를 향해 돌진했다.

*   *   *

제아무리 권능의 힘이 있다 한들, 후작급을 쓰러뜨리는 건 쉬운 일이 아니었다. 더욱이 여기는 놈의 마계. 놈의 힘은 증폭되고 침입자의 힘은 줄어든다.

물론 마계를 엶으로써 아르크 후작의 마기는 반감되었다. 그러나 그 차이는 후작이 마계에서 얻는 보너스로 상쇄하고 무엇보다 날 죽여선 안 된다는 제약으로부터 자유로워졌으니 더 위협적일 수밖에 없었다.

나도 세계의 힘 권역을 만들어 대항하곤 있지만, 마계 전체를 뒤덮은 진한 마기로 인해 포격의 위력이 줄어드는 건 어쩔 수 없었다.

"[징벌의 권능]!"

짜르릉!

그나마 권능 스킬의 쿨이 짧은 게 위안이었다. 일곱 번째 권능 사용으로 드디어 아르크의 뿔 하나를 부러뜨릴 수 있었다.

"헉, 허억……!"

거친 숨이 새어나왔다. 체력과 마력의 소모가 격렬했고, 신성과 마기도 많이 소모했다.

신성은 그렇다 치고 체력과 마력은 레벨 업으로 채워왔는데, 그러고 보니 레벨 업을 한 지 오래다. 아르크와는 어디까지나 1 : 1의 승부였고, 다른 악마나 권속을 죽여 경험치를 얻을 수 없으니 당연히 레벨 업으로 인한 자동 회복도 기대할 수 없게 되었다.

따라서 내게도 [악마에 대한 증오심]으로 마기 회복을 꾀하는 건 쉽게 택할 수 없는 선택지가 되고 말았다. 생명력을 소모해야 증오심, 즉 마기를 채울 수 있는데, 눈앞의 강력한 적을 앞에 두고 섣부르게 자해 스킬을 쓸 순 없었다.

아르크 후작이 이걸 의도한 건지 아니면 우연의 산물인지는 몰라도, 내 입장에선 골치 아파진 것만은 사실이었다.

"네, 네놈……! 마계를 연 악마 군주, 그것도 이 아르크 후작을 상대로 이렇게까지 분투하다니……!! 그냥 버러지가 아니구나!!"

의외로 고전 중이라고 생각하는 건 나뿐만이 아닌 것 같았다. 아르크도 마찬가지인지, 이를 득득 갈면서 내게 하는 말이 저거였다.

"그놈의 버러지. 그 버러지를 먹고 사는 게 너희들 아니었냐?"

"네놈!"

또 그놈의 노호성. 저놈은 질리지도 않나.

"아, 닥치고 덤벼."

"그러지 않아도 그럴 참이다!"

아르크는 또 다시 거대한 마기의 구를 만들어내 날 향해 던졌다. 처음에 키르드를 죽였던 바로 그 마기 덩어리였다. 저놈, 이제까지 수세로 돌아선 이유가 저걸 다시 쓰려고 마기를 모으고 있었던 탓인가!

저건 어쩔 수 없다. 이번에야말로 한 번 죽을 각오를 굳혀야 할 것 같다. 나는 인벤토리의 [1UP 코인]이 잘 남아 있는 걸 확인하면서 새삼 마음을 다져먹었다.

그때였다.

"…음?! 네년은!!"

아르크가 깜짝 놀라며 뒤를 돌아보았다. 사람 정도 크기의 비행체가 아르크의 마계를 침입해, 고속으로 날아오는 모습이 내 눈에도 보였다.

그것은 놀라운 일이었다. 마기의 농도가 짙은 마계에서 날아다니는 것도 그렇지만, 번쩍거리는 신성이 꽤 거리가 있는 여기에서 관측되는 것도 그랬다.

그런데 신성? 왜 신성을 지닌 존재가 갑자기 나타났지?

"에에이, 이럴 때에! 하압!!"

아르크는 혀를 차며 기껏 모아두었던 마기 덩어리를 신성을 지닌 존재에게 던졌다. 내가 목숨 하나를 소모해서 받아낼 생각이었던 위협적인 공격이다. 받아내는 게 쉽지는 않을 터!

그런데 그 존재는 마기의 압력을 아랑곳 않고 손쉽게 비행 궤도를 꺾어 마기 공격을 회피하는 게 아닌가?

"그걸로 끝났다고 생각마라!"

아르크는 그렇게 외치며 주먹을 꽉 쥐곤 자신 쪽으로 뭔가를 끌어당기는 동작을 취했다. 그러자 회피 당했던 마기 덩어리가 다시 궤도를 바꿔 신성을 지닌 존재를 마치 유도미사일처럼 쫓아왔다.

아니, 내가 이렇게 구경만 하고 있을 처지는 아니지! 나는 [군단의 검]을 들어 아르크를 후려쳤다. 그리고 곧장 스킬을 연계했다. [마신참]!

"큭!"

아르크도 비행체에만 신경을 집중시키고 있었던 건 아닌지, 곧장 내 공격에 대응했다. 첫 공격은 막아냈고, [마신참]은 비껴내 치명상을 피했다. 그러나 다음 공격까지는 어쩔 수 없었다.

"[징벌의 권능]!"

꽈르릉!

"크아악!"

내려쳐진 권능 스킬 공격을 허용하고 만 아르크는 결국 마기 덩어리의 컨트롤을 포기했다. 쾅! 컨트롤을 놓은 허공의 마기 덩어리가 거대한 폭발을 일으키며 신성을 지닌 존재를 삼켰다. 직격은 피했다지만 적지 않은 타격을 입었으리라 보였는데…… 그런 내 예상은 틀렸다.

천사는 빛의 검으로 마기 덩어리의 폭발을 헤치고 나와 건재한 모습을 보였다. 그뿐일까, 그 검을 휘둘러 새하얀 빛을 발하는 신성 공격을 아르크를 향해 쏘았다.

그러했다. 그 신성을 지닌 존재란 천사였다. 그러나 교단의 천사들과는 판이하게 달랐는데, 우선 날개가 한쪽밖에 없었고 그 날개 빛도 회색이었다. 더불어 헤일로는 아예 존재하지 않아 후광이 전혀 비치지 않았다.

"이, 이런!"

아르크는 낭패한 듯 크게 뛰어 물러났다. 그 틈을 타 모습이 보일 정도로 근접한 그 천사는 내게 외쳤다.

"이진혁 님이시죠? 저는 루시피엘라라 합니다! 당신을 돕기 위해 찾아왔습니다!"

루시피엘라? 들어본 적 없는 이름이다.

더욱이 소속도 밝히지 않았고, 누구 편인지도 모른다. 게다

가 비주얼부터가 칙칙하지 않은가? 나도 사람인지라 보이는
거에 민감할 수밖에 없다. 쉽게 신용할 수 있을 리 없었다.

그러나 적의 적은 친구. 따지고 보면 맞을 때가 더 드문 이
격언은 지금 당장은 쓸 만한 것 같았다. 어차피 나 혼자선 아
르크를 상대로 우위를 점하기 힘든데, 그녀가 적당한 견제만
취해주더라도 내겐 큰 힘이 된다.

그런데 루시피엘라는 꽤 적극적으로 싸워줄 생각인 것 같
았다.

"각오해라! 후작!!"

빛의 검을 들고 근접전에 돌입하는 걸 보니 그랬다.

루시피엘라의 갑작스러운 등장에, 아르크 후작이 답답하다
는 듯 울부짖었다.

"으아아, 젠장! 일이 왜 이렇게 꼬여?! 나는 그냥… 행복하게
살고 싶었던 것뿐인데!!"

꽤나 처절한 울부짖음이었다.

*　　　*　　　*

카자크는 오두막 안으로 잠입했다.

잠입은 그리 힘들지 않았다. 별다른 잠금장치나 보안 스킬
이 걸려 있었던 것도 아니었으니. 문틈을 통과하고 기척을 지
우고 모습을 숨기는 게 바보 같을 정도로 간단했다.

그러나 카자크는 곧 왜 오두막의 보안 상태가 이 모양 이 꼴인지 깨닫게 되었다.

'……!'

오두막 안의 낡은 소파에 늘어져 누워 낡은 브라운관 TV를 보고 있는 남자가 누군지, 카자크는 보는 순간 알아챘다.

'인면독사 브뤼스만!'

일반인에게는 별로 알려져 있지 않은 얼굴과 이름이나, 카자크는 교단의 감찰관 인스펙터였다. 이 정도 거물의 신상은 당연히 파악하고 있었다.

'여자의 상사가 이 남자였다니. 많은 게 설명되는군.'

가나안 계획의 진정한 배후가 누군지는 카자크도 몰랐으나, 그 유력한 후보 중 하나가 브뤼스만이었다. 카자크가 가나안 계획을 대중들에게 밝히려고 했던 바로 그 순간에 브뤼스만의 심복인 그 여자가 나타나 그를 제지했다는 건 시사하는 바가 매우 컸다.

브뤼스만이 보고 있는 지직거리는 TV의 화면도 놀라운 광경을 비춰주고 있었다.

'아닛, 이진혁이 왜 TV에 나와 있지? 저 악마들은 또 뭐고? …이 인면독사, 신 가나안에 무슨 짓을 벌이고 있는 거지?!'

화면에 시선을 빼앗겨 버린 게 자충수였을까. 아니, 어쩌면 오두막에 들어온 것 자체가 잘못된 판단일 수 있었다.

"손님이로군."

문득 브뤼스만이 그런 말을 꺼냈다.

*   *   *

들켰다.

그 사실을 깨달은 순간, 카자크는 곧장 행동을 취했다.

그 즉시 오두막에서 탈출하려던 카자크의 시도는 신속했으나 동시에 무의미했다. 올가미가 덧씌워지는 것 같은 감각이 그를 감쌌다. 그는 오두막의 더러운 바닥에 나뒹굴었다.

"크윽!"

그와 동시에 카자크가 스스로에게 걸어두었던 모습을 숨기는 스킬, 인식을 저해하는 스킬, 기척을 죽이는 스킬 모두가 벗겨졌다. 그 감각이란 말 그대로 알몸으로 발가벗겨지는 것 같았다. 실제로 카자크는 알몸 상태였기에 더욱 그랬다.

브뤼스만은 그 자리에 애벌레처럼 묶여 발버둥치는 카자크를 내려다보며 미소 지었다.

"오, 카자크. 오랜만이로군. 이게 얼마 만이지?"

그 말은 카자크에게 있어선 매우 의외의 말이었다.

"…나를 아나?"

"그렇게 되묻는 것도 무리는 아니지. 자넨 날 처음 보는 걸 테니까. 직접 보는 건, 말일세."

후후, 하고 브뤼스만은 정말 반가운 듯 웃었다.

'이 인면독사가!'

카자크는 브뤼스만이 그 뱃속에 독사를 몇 마리 기르고 있는지 진심으로 궁금해졌다.

"그런데 자네, 이상한 걸 묻히고 다니는군."

브뤼스만은 카자크의 옷을 털기라도 하듯 손으로 툭툭 털어주었다.

실제로는 카자크는 알몸이라 브뤼스만의 손길을 직접 받아야 했기에 아주 기분이 나빴다. 더욱이 브뤼스만의 체온은 아주 낮아, 마치 뱀의 체온을 연상시켰다. 이 남자가 인면독사라 불리는 건 단순히 그 행동이나 심성 때문만은 아닌 것 같았다.

"……!"

그러나 집중해야 할 것은 브뤼스만의 기분 더러운 손길이나 그 낮은 체온이 아니었다. 카자크는 자신에게 걸려 있던 기아스가 풀려 버린 것을 뒤늦게 자각했다.

브뤼스만은 무려 한쪽 눈을 찡긋 감으며 겸양하듯 말했다. 남자의 윙크였다.

"고마워할 필요는 없네."

카자크는 실제로 감사의 마음 같은 건 느끼지 못했다. 그보다도 그가 느낀 건 허전함, 허무함, 그리고 이루 말할 수 없는 상실감이었다.

소중한 것을 손으로 억지로 잡아 뜯긴 것 같은, 좀 더 노골

적으로 표현하자면 마치 강제로 거세를 당한 것 같은, 그런 느낌.

그것은 물론 카자크에게 더할 나위 없는 쾌감을 가져다주던 '배신욕'이라는 욕구가 사라진 탓이었다.

"나, 나한테 무슨 짓을!"

정신을 차린 후, 카자크가 브뤼스만에게 느낀 감정은 바로 적개심과 증오였다. 거세당한 남자가 가해자에게 응당 느껴야 할 그런 감정 말이다.

카자크의 시선에서 그의 감정을 읽어낸 브뤼스만은 혀를 찼다.

"의외의 반응이로군. 기껏 걸려 있는 기아스를 풀어줬더니만."

"다시 돌려줘!"

카자크의 음성에는 간절함이 있었다. 그러나 브뤼스만은 고개를 저었다.

"그건 무릴세. 나한텐 기아스 같은 스킬은 없거든."

브뤼스만의 눈동자가 독사처럼 빛났다.

"대신 그보다 더 좋은 게 있네만."

           *   *   *

"음?"

나는 기묘한 감각을 느꼈다. 태어나서 처음 느끼는 감각이었다. 그리고 그것이 무엇을 의미하는지, 나는 직관적으로 깨달았다.

"[기아스]가 풀렸군."

누구의 어떤 기아스가 풀렸는지에 대한 답은 헷갈릴 여지없이 명확했다. 내가 기아스를 걸었던 적들 중 살아남은 것은 단 한 명뿐이었으니까.

카자크다. 카자크에게 걸어놨던 [배신해]라는 기아스가 풀린 게 틀림없었다.

카자크가 죽은 건 아니다. 그랬다면 경험치와 카르마 연산 메시지가 날아왔을 테니까.

살아남은 채 누군가에게 사로잡혀서 기아스를 해제당한 걸까?

뭐, 그다지 곤란한 일일 수는 없다. 지금의 내 전력은 카자크 따위는 멀리 추월한 지 오래니까. 카자크가 쥐고 있던 나에 대한 정보도 시간이 한참 지나 무의미한 것이 되었고, 카자크 하나의 영향력으로 교단의 나에 대한 태도가 바뀔 리도 없었다.

크게 신경 쓸 일은 아니다. 내가 내린 결론은 그거였다.

"무슨 생각을 그렇게 하세요?"

루시피엘라가 내게 말을 걸었다.

"아, 미안해요. 루시피엘라."

"그냥 루시라 불러주셔도 돼요."

루시피엘라는 친근하게 웃으며 내게 말했다. 이 타천사, 루시피엘라는 지금 나와 함께 악마 아르크 후작과 싸워주고 있었다. 전투 중임에도 불구하고 이렇게 비교적 느긋한 분위기인 건 조금 전에 아르크를 한 번 죽였기 때문이다.

물론 악마 군주는 단번에 죽일 수 있는 존재가 아니므로 아직 전투 상황은 이어지고 있는 채였다. 지금쯤 악마성에서 부활했을 텐데, 왜 안 튀어나오는지는 모르겠지만.

그렇다고 이쪽에서 악마성에 쳐들어갈 필요는 없다. 나는 [세계의 힘 파편]을 하나 더 찢고 본격적으로 마계를 잠식하는 중이니까. 시간을 끌수록 불리해지는 건 아르크 쪽이다.

아르크는 이미 악마 여왕을 배신했으니, 그를 위해 여왕이 원군을 보내 줄 일도 없다. 여왕의 입장에서 생각하자면 오히려 아르크를 죽이기 위한 암살자를 보내는 게 더 자연스러운 반응일 거다.

그리고 나는 그 암살자가 바로 루시피엘라인 게 아닐까 의심하고 있었다. 그녀가 어째서 내게 이렇게 친절하게 대하는지는 모르겠지만 말이다. 그리고 그녀 덕에 아르크를 쉽게 무찌른 거나 다름없으니, 대놓고 적대적인 태도를 취하는 것도 좀 그랬다.

"그러고 보니 감사 인사가 늦었군요. 고맙습니다, 루시피엘라. 당신 덕에 아르크를 쓰러뜨릴 수 있었습니다."

"그냥 루시라 불러주셔도 되는데……."

루시피엘라는 입술을 삐죽였다. 그냥 루시라 부를 걸 그랬나. 아무리 그래도 초면부터 애칭을 부르는 건 좀 그랬다.

뭐, 그건 그렇다 치고.

여유가 생겼기 때문에 나는 상태창을 불러내 보았다. 포대 지휘자 48레벨. 50레벨까지는 2레벨 남았지만, 만약 세계 퀘스트를 해결하면 레벨 업 쿠폰을 얻게 되니 더 이상 경험치로 올릴 필요는 없어 보였다.

여유 있을 때 미리 전직해 둘까. 아, 그리고 보니. 나는 음험한 속셈을 하나 품고, 루시피엘라 쪽을 돌아보며 그녀를 불렀다.

"루시피엘라."

"루시라고 불러주세요."

거참 끈질기네! 하지만 이쪽이 부탁을 하는 입장이다. 세게 나갈 수야 없지.

"저 혹시 타천사의 깃털 좀 받을 수 있을까요?"

나는 되도록 공손하게 그녀에게 부탁했다. 그러자 루시는 정말 멋진 미소를 지으며 내게 이렇게 말했다.

"루시라고 불러주시면요."

큭! 어쩔 수 없지. 망설이던 나는 결국 마음을 정하고 입술을 열었다.

"…루시."

"좋아요!"

루시피엘라는 매우 기뻐하며 자신의 깃털을 두두둑 뜯어서 내게 한 아름 안겨주었다.

"여기요."

"고, 고마워요."

이런 식으로 줄지는 몰랐기에 나는 좀 당황하고 말았다. 뭐, 다르게 어떻게 주겠냐만.

아무튼.

이로써 히든 직업 선멸자의 전직 퀘스트 2가 완료되었다.

[선멸자 전직 퀘스트 3]

─종류: 해방

─난이도: 불가능

─임무 내용: 마계를 하나 소멸시키십시오.

─보상: [선멸자]로의 전직, [소멸한 세계의 힘 파편] 10개.

오, 그래도 전직 연속 퀘스트가 3으로 끝나서 다행이다. 더 군다나 퀘스트 내용이… 딱 지금 내가 하려던 거잖아? 역시 나는 운이 좋군.

그뿐만이 아니다. 내가 얻은 건 하나 더 있다.

"그런데 루시피엘라는……."

"루시."

"…루시는 내게 왜 이렇게 잘해주는 거예요?"

[타천사의 깃털] 한 다발과 함께, 나는 이 질문을 던질 계기를 손에 넣었다. 내 질문을 들은 루시피엘라는 이제까지와는 다른 고혹적인 미소를 띠었다.

"그야 제가 이진혁 님께 바라는 게 있기 때문이죠."

꽤나 솔직한 대답이다.

"제가 가진 게 많진 않은데. 그게 뭔지 알 수 있을까요?"

내친 김에, 나는 다시 한번 직구로 승부해 보기로 했다.

"구원."

내 직구에 대해, 루시피엘라는 아련한 목소리로 대답했다.

"네?"

구원? 내가 아는 그 구원이 맞나? 오래된 원한이라는 의미는 아닐 것 같은데.

"제가 이진혁 님께 바라는 것은 바로 구원이에요."

루시피엘라가 날 돌아보았다. 그 시선에는 간절함이 깃들어 있었다.

"전 이진혁 님께서 부디 절 구원해 주셨으면 해요."

*　　　　*　　　　*

악마 여왕 비토리야나는 무슨 일이 생긴 건지 모르고 있었다.

아니, 대충이야 안다. 애초에 이 판을 짠 게 그녀니, 당연하게도 일이 어떻게 돌아가고 있는지야 파악하고 있나. 이신혁의 강제 성장을 위해 아르크 후작을 먹잇감으로 던져준 것도 그녀고, 궁지에 몰리다 못한 아르크가 자신을 배반하고 마계를 여는 것도 계산에는 있었다.

문제는 그 뒤의 일이다. 비토리야나가 이진혁에게만 집중하고 있는 틈을 타, 여왕의 대전에 억류되어 있던 타천사 루시피엘라가 도망쳐 하필이면 아르크의 마계에 숨어든 것이 바로 그것이었다. 비토리야나의 입장에서 보자면 유일한 상정 외의 사태이자 변수였다.

아무리 악마 여왕이라 하더라도 다른 악마의 마계까지 들여다볼 수는 없다. 마계 안에서는 마계 주인의 룰에 따라야 한다. 이미 아르크 후작은 여왕을 배반해 작위를 놓아버리고 독립 세력을 주창한 것이나 다름없으니, 정보를 얻기 위해서는 아르크의 마계를 침략할 필요가 있었다.

문제는 악마 후작의 마계를 침략하려면 악마 대공급은 불러와야 된다는 점이었다. 아무리 약한 악마라도 자기 소유의 마계에서는 두 배 정도의 힘을 내니, 같은 후작을 동원하는 걸로는 해결이 되질 않았다.

물론 그냥 후작 세 명을 동원하면 해결되는 문제긴 하지만, 단지 작은 변수 하나가 개입됐다고 그 정도로 큰 전력을 투입하는 것도 별로 좋은 생각 같지는 않았다. 언제 인면독사 브

뤼스만이 태클을 걸어올지 모르는 상황이다. 악마 여왕으로서
도 전력을 다 투입할 수는 없었다.

"하긴, 별로 큰 변수는 안 되지."

타천사 루시피엘라에게는 큰 약점이 있다. 이제까지 그녀가
어디 묶여 있지도 않음에도 불구하고 얌전히 여왕의 대전에
억류되어 있었던 건 이유가 있다.

루시피엘라가 변수라곤 해도, 큰 변수는 되지 못한다. 모든
것은 여왕이 생각했던 대로 돌아갈 것이다. 굳이 확인할 필요
는 없다.

그저 기분이 좀 나쁠 뿐이다. 자신의 생각대로 되지 않은
변수가 존재한다는 것, 그리고 그게 하필이면 여왕에게 있어
먼지 같은 존재였던 루시피엘라로 인해 비롯되었다는 것.

여왕 비토리야나는 아름다운 미간을 찌푸린 채, 아르크의
마계를 노려볼 뿐이었다.

*　　　　*　　　　*

"저 여자는 또 뭐야?"

안젤라가 투덜거렸다. 그녀가 말하는 저 여자란 건 타천사
루시피엘라를 뜻한다.

안젤라는 의외로 이진혁 가까이에 있었다. 그냥 가까운 것
도 아니고, 이진혁이 펼쳐놓고 있는 세계의 힘 권역 안에 있

었다.

악마 군주가 펼친 마계 내부의 환경이 지독하다는 건 지식
으로는 알고 있었지만 이렇게까지 지독한 줄은 몰랐다. 체감
해 봐야 비로소 깨닫는 것도 있는 법이다.

그래서 안젤라는 어쩔 수 없이 일행들을 데리고 천천히 조
심스럽게 이진혁을 따라다니며 그가 펼치고 있는 '세계의 힘
권역' 안에 머물 수밖에 없었다.

"푸하!"

그때, 누군가가 숨소리를 크게 냈다. 마치 깊은 물속에 자
맥질을 했다 올라온 것 같은 숨소리였다.

"아, 깼구나? 키르드."

그것은 키르드의 숨소리였다. 키르드는 머리를 마구 흔들
며 질린 듯 말했다.

"어, 안제 누나. 어휴, 나 죽는 줄 알았어."

그 말에 대한 대꾸는 안젤라가 아니라 키르드의 등 뒤에서
돌아왔다. 키득거리는 웃음소리와 함께 말이다.

"아니, 실제로 죽었었어. 내가 되살려 준 거지."

테스카였다.

그러나 그런 테스카의 대답에는 아랑곳 않고, 키르드는 안
젤라에게 물었다.

"어땠어?"

"흐흐훗, 선배 되게 화내던데."

기대에 가득 찬 키르드의 표정을 박살 내줄 생각에 유쾌해진 안젤라는 웃음을 참지 못했다. 그런 그녀의 대꾸에 키르드는 낭패한 표정으로 되물었다.

"뭐? 내가 로드께 도움을 드린 거 아니었어?"

"도움이야 됐지."

안젤라는 놀리듯 말했다.

"그래도 네가 멋대로 한 짓이니까."

키르드는 농담이란 걸 알면서도 받아들이기가 힘든지 침울하게 고개를 푹 숙이고 말았다.

"그건 또 그런가……. 하지만 말씀드리고 했으면 막으셨을 테니까."

"…그야 그렇겠지. 선배는 정이 많으니까."

키르드를 조용히 주시하던 안젤라는 한숨처럼 그런 말을 토해냈다.

"오죽하면 우리한텐 후방에 숨어 있으라고 말했을까."

안젤라는 씁쓸하니 중얼거렸다.

Chapter 5

　'로드에게 털끝만 한 도움이라도 되어보자'는 키르드가 야심차게 계획한 이번 일, 그러니까 이진혁의 전투에 난입해 아르크 후작의 공격을 몸으로 받아낸 건 키르드가 혼자 아무 생각 없이 나선 게 아니었다.

　키르드도 한계돌파로 인해 스킬 포인트를 벌어 [대신 맞기] 스킬의 랭크를 올렸고, 케이와 테스카도 어느 정도 신성을 회복해 키르드 한 명쯤은 부활시킬 수 있는 능력을 손에 넣었기에 과감하게 저지른 거였다.

　키르드도 자신이 딱 한 방 맞고 바로 죽을 거라곤 생각 못했지만. 부활이라는 보험 수단을 미리 마련해 둬서 다행일 뿐이었다.

"네 일방적인 욕구를 채웠으면 이제 그만 후방으로 돌아가 도록 하지. 저 악마 세잖아. 난 아직 죽고 싶지 않아."

그때, 테스카가 한마디 얹었다.

"고대 신 주제에 악마가 무서워서 후퇴하자니."

케이가 그런 그녀의 말에 한심한 듯 중얼거렸다.

"너도 알잖아. 다 옛날이야기야. 자존심이 밥 먹여주나?"

테스카의 솔직한 일침에 케이도 입을 다물어 버리고 말았다.

"미안, 테스카. 이미 돌아갈 길은 막혔어. 우리 계속 선배 따라다녀야 돼. 만약 선배의 권역에서 벗어나면 마계의 지독한 마기에 짓눌려져 사망할걸."

그러나 그런 테스카에게 찬물을 끼얹은 건 안젤라의 냉정한 현실 인식이 담긴 지적이었다.

"윽······! 그런가!!"

테스카는 절망한 듯 고개를 떨어뜨렸다.

"뭐, 너무 걱정 안 해도 돼. 선배가 이길 거 같으니까. 그보다······."

안젤라의 눈빛이 날카로움을 되찾았다.

"저 여자, 대체 누구지?"

그런 안젤라에게, 테스카가 혀를 끌끌 차며 말했다.

"안제여. 아직도 모르겠는가? 은인께선 네게 관심이 없으시다. 아니, 정확히는 성적인 관심이 없으신 게지."

"그건 나도 알아!"

안젤라가 살기 어린 시선을 뿌리며 테스카를 노려보았다. 테스카는 그런 안젤라를 타이르듯 따스한 목소리로 이어 말했다.

"그렇다면 은인께서 저 여자에게도 똑같이 관심이 없으리란 건 파악할 수 있을 터. 쓸데없는 걱정 말게나."

"…그래도 혹시 모르잖아."

이진혁을 바라보는 안젤라의 시선에 애절함이 담겼다. 그런 그녀의 옆얼굴을 보며 테스카는 싱긋 웃었다.

"자네는 사랑스러운 처녀로군."

"자네라고 하지 마. 혼자 늙은이인 것처럼 말하지 마. 마지막으로 난 여자에게 관심 없어."

그런 테스카의 말에 돌아온 대꾸는 냉담할 뿐이었다.

*   *   *

루시피엘라의 이야기는 간단했다. 아무리 지금 칼을 휘두르는 중은 아니라 한들, 전투 상황인 건 매한가지였으니 자세한 이야기를 듣는 건 불가능했다.

"저는 오로지 이진혁 님의 자비를 바랄 뿐입니다. 제가 드릴 수 있는 건 전부 다 드리고, 그런 후에도 그저 부탁만을

할 수 있을 따름입니다. 그 어떤 강제성도, 합당한 계약마저
도 불가능한 일이니까요. 그러니 부디 저를 마음껏 써주십시
오."

루시피엘라가 너무 간단하게 생략해 버린 터라 무슨 이야
기인지 전혀 파악하지 못하겠다는 문제점이 생겼지만, 그녀가
정말로 어렵고 복잡한 사정을 떠안고 있다는 것만은 알겠다.
그리고 그 사정을 해결할 가능성이 내게 있다는 것도 말이다.

필요 없다고 그냥 내치고 싶은 마음이 뭉게뭉게 피어오르
지만, 지금 루시피엘라를 적으로 돌리는 건 별로 현명한 판단
같지는 않았다. 그녀는 선한 존재가 아니다. 타천사다. 얼마든
지 잔혹해질 수 있으리라.

하려면 아르크 후작을 처치한 후, 적어도 악마 여왕을 후퇴
시킨 후에나 루시피엘라를 적대할 만한 상황이 만들어질 것이
라고 나는 판단했다.

그 전까지는 그녀 스스로 요청한 대로 그녀를 마음껏 부려
먹는 게 도리였다.

뭐, 그것도 상황이 받쳐줘야 가능한 일이지. 아르크는 대체
악마성에 틀어박혀서 무슨 짓을 하는지. 어쩌면 뤼펠처럼 옥
좌에 앉아 벌벌 떨고 있을지도 모르는 일이다.

선멸자로의 전직은 이 마계를 닫은 후에나 가능하다. 그래
서 나는 일단은 다른 직업으로 전직해 두었다. 포대 지휘자의
다음 전직 직업인 [폭격가]가 바로 그것이었다.

이 폭격가라는 직업은 실로 판타스틱한데, 포를 공중으로 날려 보낼 수 있다. 포탄이 아니라 포를 말이다!

게다가 포를 허공에 방열시킬 수 있다. 포가 허공에 단단히 고정된 장면은 내가 해놓고도 황당했다.

포격 스킬로 공중전을 수행할 수 있게 되었다는 점에서 매우 유용할 직업임은 틀림이 없으나, 마기가 지나치게 짙은 마계에서는 당장은 쓸모가 없다. 나중에 찬찬히 수련치를 채우기로 마음먹으며, 나는 일단 천자총통을 인벤토리에 수납해 두었다.

폭격가로 전직한 다음에 한 일이란 바로 마계를 천천히, 느긋하게 거니는 것이었다. 나를 중심축으로 한 세계의 힘 권역이 충분히 마계를 잠식할 수 있도록 속도를 맞춰야 했으니 걷는 게 느려질 수밖에 없었다.

물론 방향은 악마성. 마계 전체를 잠식할 필요는 없고, 악마성만 지워 버리면 임무가 끝난다.

이상할 정도로 평화롭지만, 이것도 폭풍전야의 고요일 뿐이다. 당장이라도 깨질 수 있는 평화다. 아르크가 악마성 바깥으로 뛰쳐나오기만 한다면 말이다.

그리고 놈은 아마 곧 튀어나오게 될 것이다.

"[세계를 사르는 불꽃]."

신살자 30레벨 스킬. 꽤 거창한 이름의 스킬이다. 그러나 스킬의 효과는 그런 첫인상을 없애 버리고도 남을 만했다.

화르륵.

왜냐하면 이 스킬은 정말로 세세를 불사르니까.

"이곳은 마계지. 너의 세계다, 아르크."

그렇다면 불살라 버려도 클레임 같은 건 들어오지 않을 터다.

사실을 말해두자면 이 스킬을 수련하면서 그랑란트 세계의 항의를 좀 받았다. 시스템 메시지로 ─그랑란트가 그 불꽃을 싫어합니다. 라고 날려댔으니 말이다. 그래서 생각보다 랭크를 못 올렸는데……

"이젠 좀 올릴 수 있겠군."

[세계를 사르는 불꽃]이 마계에 옮겨붙었다. 불꽃의 방향은 정확하게 악마성 쪽. 세계의 힘 권역에는 불이 붙지 않도록 세심하게 조정했으므로 우리 쪽에 피해가 올 걱정을 할 필요는 없다. 애초에 태우고 말고는 내가 정할 수 있으니, 애초부터 쓸데없는 걱정이지만 말이다.

"자아, 불살라라!"

화르르르륵!

처음에는 작았던 불꽃이 마계의 모든 것들을 불사르며 삽시간에 커졌다. 마계에 충만한 마기를 태우고 없애 버리는 것에 그치지 않고 마계라는 개념 자체를 지워 버리는 수르트의 불! 이대로 내버려 두면 마계 전체에 번져 버릴 테니, 아르크도 더 이상 무시할 수는 없을 터였다.

"크아아악! 네, 네놈!! 당장 그 불을 꺼라!!"

아르크 놈도 양반은 못 됐다. 양반이 아니라 악마 군주, 악마 귀족일지는 몰라도. 내가 생각할 때쯤 저렇게 기어 나오는 걸 보니 말이다.

아니, 아직은 목소리만 들렸다. 여유가 남은 모양이지?

"내가 왜?"

나는 놈을 비웃었다. 그러자 아르크는 비장한 말투로 이렇게 말했다.

"…아무래도 이쯤해서 승부를 걸어야겠군."

아르크 후작은 비장하게 선언했다.

쿠구구구구구…….

악마성이 거대해지기 시작했다.

아니, 그건 착각이었다.

쿵! 쿵! 쿵!

땅에 파묻혀 있던 세 개의 다리를 지면으로 꺼내 일어선 것일 뿐이니까.

…응? 뭐?

"일어섰다고?"

그랬다. 성이 일어섰다. 세 개의 다리를 징그럽게 움직이며 악마성은 이쪽으로 걸어오기 시작했다.

…저런 것도 가능했단 말인가.

"악마성 안에 틀어박혀서 뭘 하는지 궁금했는데, 저런 걸 만들고 있었던 모양이로군."

황당하긴 한데 웃기기보단 위협적이다.

워낙 거대하다 보니, 크기 자체가 한눈에 안 들어올 정도다.

그리고 성에 솟아 있던 두 개의 탑이 마치 거대한 포처럼 우리 쪽을 겨누었다.

"네노오오오오옴! 죽어라!!"

투쾅! 펑!

그러나 날 향해 쏘아질 것 같은 마기의 포탄은 엉뚱한 곳으로 떨어졌다. 아니, 사실을 알고 보면 엉뚱한 곳인 건 아니었다. 단번에 퍼부어진 그 막대한 마기는 내가 지른 [세계를 사르는 불꽃]을 단번에 꺼버리고 말았으니까!

"젠장! 역시 아직 스킬 랭크가 낮아서!"

나는 그렇게 불평했지만 허세였다. 과연 랭크가 높았다면 저 마기 포탄에 불이 안 꺼졌을까? 그 질문에 자신만만하게 대답하기 힘들 정도로 포탄에 담긴 마기는 지독했다.

"이젠 네 차례다!"

그리고 이번에야말로 정말로 날 노릴 거라는 듯 악마성의 포구가 돌아갔다.

"이진혁 님, 명령을."

루시피엘라도 긴장한 기색이 역력했다.

콰앙!

내가 대답하기도 전에, 악마성의 포가 굉음과 함께 발사되었다.

"공격을!"

"네!!"

펑!!

*　　　　*　　　　*

그냥 이 자리에서 기다리고만 있는 것도 지겹다, 고 비토리야나는 생각했다. 그래서 이 틈을 타 크루세이더들을 쓸어버려야겠다고 그녀는 결심했다.

"함대 전진."

이진혁이 없으니 포격도 이뤄지지 않고 있었다. 그는 지금 아르크의 마계에 갇혀 있으니, 저 마계가 깨지기 전까지는 신경 쓰지 않아도 좋다. 그렇다면 함대를 전진 배치시키고 전함의 주포 사격으로 적을 섬멸해도 문제는 없을 터.

"각 전함, 임의대로 포격을 개시하라. 표적은 크루세이더. 발사!"

악마 군주들도 크루세이더와의 전투 경험이 있었다. 이진혁이 말도 안 되는 변수를 생성한 탓에 손을 못 썼던 것뿐이다. 정확히는 악마 여왕의 이진혁을 상처 입히지 말라는 터무니없는 명령 탓이었지만, 그 누구도 그런 말을 꺼내지는 않았다.

각 전함을 지휘하는 악마 군주는 자신들의 사거리는 확보되고 크루세이더의 검은 닿지 않는 아슬아슬한 범위를 확보해 각기 포격을 개시했다.

크루세이더들도 바보가 아니다. 전함의 움직임을 보고 그들이 포격을 개시하리라고 예상한 그들은 선진했다. 후퇴해 봐야 전함의 이동속도가 더 빠르므로, 포격의 일방적인 먹잇감이 될 뿐이다. 그러니 검이 닿는 거리까지 전진해서 반격을 하는 것이 낫다는 판단이었다.

"각 전함, 방해마를 살포하며 거리를 유지하라. 포격은 계속하라!"

이어지는 비토리야나의 지휘. 방해마는 온몸이 찐득거리는 작은 악마들로, 전력은 별 볼 일 없으나 움직임을 방해하고 발을 묶는 데 특화되어 있었다. 게다가 만들어내는 데 드는 마기도 별 볼 일 없어 소모하는 것에도 큰 부담도 없다.

"끼에에!"

"키에에엑!"

그런 방해마들이 하늘을 뒤덮을 것 같은 기세로 몰려와 크루세이더들을 덮쳤다.

방해마들이 크루세이더들에게 들러붙으려 들었지만, 크루세이더들은 익숙하게 그것들이 접근해 오기 전에 칼로 베어 넘기고 있었다. 그러나 그 동작 자체가 크루세이더를 느려지게 만들고 있었다. 그것만으로 임무에 성공한 것이다.

게다가 숫자가 숫자다. 아무리 베어도 끝이 없다는 건 강인한 크루세이더들이라도 질리게 만들 수 있었다.

"거리 좋네. 계속 쏴."

여왕의 지시에 따라 전함들은 포격을 계속했다. 그 와중에 크루세이더들에게 들러붙은 방해마들도 그 포격에 함께 쓸려 나가고 있었지만, 악마 군주들은 조금도 포격을 망설이지 않았다.

"전진! 전진하라!!"

크루세이더 군단장, 야코프는 목이 터져라 지휘하고 있었지만 일방적인 포격에 전력이 깎여 나가는 것만은 어쩔 수 없었다.

"이게 이진혁이 없을 경우의 정상적인, 그리고 일반적인 전황이지."

비토리야나는 쓸려 나가는 크루세이더 병사들을 보며 붉은 액체가 든 유리잔을 기울였다.

부하들이 죽어나가는 소리를 듣는 것도 좋았지만, 적들이 쓸려 나가는 모습을 지켜보는 것은 더욱 좋았다.

*   *   *

저 악마성만 점령하면 모든 것이 끝난다! 그러나 그게 쉬운 일은 아니었다. 내 움직임은 세계의 힘 권역을 벗어나지 못하는데, 악마성은 마계 내부를 마음껏 돌아다닐 수 있으니 말이다.

"쳇! 성 주제에 빨라!!"

그냥 보기만 하면 움직임이 느릿느릿해 보이는데, 그건 너무 커서 그렇게 보일 뿐인 거였다. 실제로는 굉장한 속도로 움직이고 있었다.

악마성이 취한 전략은 기본적으로 포를 쏴대며 도망치는 거였다. 그것도 [징벌의 권능] 사거리에 들어오지 않도록 유의하면서.

악마성의 탑이 변형된 포, 줄여서 악마 포탑은 꽤나 위협적인 병기였다.

악마 포탑이 쏴대는 게 단순한 포탄이 아니라 또 다른 악마로, 거미가 털 없는 포유류라면 이런 느낌이리라는 기괴한 형태를 취하고 있었다. 명중했을 때는 그 자리에서 자폭하지만, 명중하지 않아도 기어와서 내 발목을 붙잡고 늘어진다.

악마라곤 해도 하급 악마라 진리의 검이나 바즈라다라의 바즈라로 한 방에 처리되기는 하지만 발목을 묶인다는 것 자체가 불편하고, 또 자기들이 죽겠다 싶으면 자폭하니 지속적으로 피해를 누적시킨다는 점에서 꽤나 짜증 나는 상대였다.

군주답지 않은 졸렬한 전략이라고 할 수 있겠으나, 악마다운 전략이기는 했다. 그래도 적을 칭찬할 마음은 들지 않지만, 이동에 제약이 걸린 날 상대로 하기에 효과적인 전략이기도 했다.

만약 루시피엘라가 없었다면, 하는 가정을 세워야 할 수 있는 말이지만.

"루시! 포를 먼저!"

"네!!"

마계의 지독한 마기 속에서도 아무 지장 없이 빠른 속도로 비행이 가능하고, 악마를 상대할 때 효과적인 빛 속성 마력을 다룰 줄 알며, 신성까지 지닌 루시피엘라는 악마성을 갑옷 대신 입은 아르크라도 쉬이 상대할 수 있는 적이 아니었다.

그렇다고 루시피엘라 혼자 아르크를 쓰러뜨릴 수 있는 건 아니지만, 다른 방어 수단 없이 훤히 드러난 악마 포탑을 공격해 폐품으로 만드는 것 정도는 가능했다.

거리가 있을 때는 그래도 날 노려서 포격을 해왔었지만, 루시피엘라가 날아들어 포탑을 파괴하려 드니 그걸 피하느라 나한테 공격도 제대로 못 하고 있었다.

"좋아, 계획대로야!!"

계획 같은 건 딱히 세운 적 없지만, 난 굳이 큰 소리로 외쳤다. 허세였다.

내가 해야 할 일은 간단했다. 그냥 악마성을 향해 뚜벅뚜벅 걸어가는 거였다.

그렇게 세계의 힘 권역을 이용해 마계의 권역을 지워 나가며 악마성과의 거리를 줄이기만 해도 아르크에겐 큰 위협이 될 터였다. 괜히 지금 아르크가 나와의 근접전을 피하는 게 아니었다.

마계의 영역이 줄어들수록 악마성이 도망 다닐 수 있는 영역도 줄어든다. 장기적으로 보면 나의 승리가 확실하다, 고 하고 싶지만. 공교롭게도 나에게도 시간제한이 부여되어 있었다.

[세계의 힘 파편]이 다 떨어지면 세계의 힘 권역도 생성하지 못하게 되니, 그렇게 되면 내가 패배하게 되는 셈이다. 물론 그동안 세계 퀘스트를 수행하며 보상으로 모은 [세계의 힘 파편]을 잘 모아두고 있으므로 일단 그럴 일은 없다고 봐야 한다.

내가 두려워하는 사태는 다른 거였다.

"적자."

기껏 마계를 닫았는데 받는 파편이 쓴 파편보다 적어서 적자가 나면 그것만큼 가슴 아픈 일은 없을 것이다.

"그나마 루시피엘라라도 있어서 다행이로군."

나는 열심히 악마성 아르크를 밀어붙이고 있는 루시피엘라를 흐뭇하게 바라보았다. 그녀도 마계를 닫는 법은 아는 모양인지, 악마성이 나를 따돌리고 도망칠 수 없도록 움직이며 구석으로 몰고 있었다.

"큭! 이 타천사가!"

아르크가 루시피엘라에게 정신이 팔렸다. 찬스! 나는 재빨리 [에이스의 곡예비행]을 사용해 세계의 힘 권역 경계까지 아슬아슬하게 순간 이동 했다. 그리고 이것으로 사거리가 확보되었다.

[징벌의 권능]

꽈르릉!

아쉽지만 사거리는 악마성 본체에까지 닿지는 않았다. 나는 포탑 하나를 망가뜨리는 데 만족해야 했다. 아르크가 내쪽을 돌아보며 이를 갈았다.

"너… 네놈!"

위험하다!

순간적으로 아르크가 그 거대한 발을 지면에서 뽑아 날 향해 휘둘렀다. 이럴 수가, 그 큰 체구로 하이킥이라니! 감탄이 나올 정도로 장관이지만, 당장 내 목숨이 위험한데 감탄만 하고 있을 수는 없다. 피해야 하는데 [에이스의 곡예비행]은 쿨이다. 그럼 어쩌지?

"[삼위일신]……. [제1의 분신]!"

한 대 맞아야지, 뭐. 나는 [제1의 분신]을 써서 두 개의 분신을 내 등 뒤로 보냈다. 이걸로 한 대쯤 맞아도 분신 하나 잃는 선에서 끝난다.

"아아아압!"

번쩍!

그런데 아르크가 내게 정신 팔린 틈을 타, 이번엔 루시피엘라가 칼을 휘둘렀다. 섬전과도 같은 일격이었다. 그녀 또한 줄곧 벼르던 포탑 하나를 드디어 파괴해 냈다. 이로써 두 개의 포탑을 전부 파괴해 낸 셈이다.

게다가 루시피엘라가 전력을 다해 휘두른 검의 파괴력 덕에 아르크의 자세가 무너져 나를 노린 하이킥도 빗나갔다.

"잘했어요, 루시피엘라!"

"루시라고 불러주세요!"

그러나 나는 그녀를 루시라 부르지 않았다. 정확히는 그럴 틈이 없었다.

"네노오오오오옴!!"

아르크는 완전히 격노해, 그 자리에서 종으로 반 바퀴 회전했다. 거대하기 그지없는 악마성이 그 자리에서 거꾸로 서는 장면은 그것 자체로 장관이었으나, 나는 감탄만 하고 있을 수 없었다. 내 직감이 경고를 날렸기 때문이다.

위험하다!

그리고 직감이 가리킨 것이 현실로 드러났다.

악마성이 뒤집어지자 지금까지 악마 포탑보다도 거대한, 말 그대로 주포라고 해도 될 만한 거포가 튀어나왔다. 아니, 저런 걸 어디다 숨기고 있었지? 하고 보니 세 개의 다리 중 하나가 거대하게 팽창하고 기괴하게 뒤틀려 그렇게 보이는 거였다.

그 포구가 겨누는 방향은 말할 것도 없이 내 쪽이었다. 그리고 그 포구에서 느껴지는 기운은 포의 거대함을 뛰어넘을 정도로 거대했다.

"죽어라!"

방대한 마기를 응집하고 압축한 마기의 입자! 그것이 포구에서 마치 빔처럼 쏟아져 나왔다!!

그걸 본 순간, 나는 직감했다.

아, 이건 못 피한다.

입자포의 범위가 세계의 힘 권역 전체를 노리고 있었다.

죽는다.

"안 돼애애애애애!!"

루시피엘라가 급히 입자포의 궤도로 끼어들어 내 대신 맞아주려고 했지만, 타이밍은 이미 늦었다.

그 순간.

막대한 마기가 내 육신을 원자 레벨로 분해해 버렸다. 고통은 없었다. 정확히는 단 한 순간, 전신의 신경이 반응했다 죽어버렸다. 시신경마저도.

눈앞이 시꺼멓군.

뭐, 죽는 거야 익숙한 일이다. 한두 번 죽는 것도 아니고.

[삼위일신] 옵션

[제3의 분신] 활성화한 시점에서 3초 후의 과거와 3초 후의 미

래에 각각 분신을 보낸다, 만약 현재의 본체가 죽으면 3초 전이나 3초 후의 분신이 본체를 갈음한다. 어느 분신을 본체로 갈음할 건지는 시전자가 선택할 수 있다. 활성화와 유지, 그리고 갈음에 신성을 소모한다.

—재사용 대기 시간: 24시간 36분 48초.

하지만 내 스킬이 날 그냥 죽게 내버려 두지 않았다.

지금의 '나'는 3초 전에 죽은 기억을 갖고 있는 '나'다.

더불어 6초 전의 기억도 갖고 있다.

분명 나는 3초 전의 나와 연속된 기억을 갖고 있으나, 지금의 나는 죽음을 '기억'하고는 있지만 '경험'하지는 않았다. 3초 전의 내가 죽는 시점에서 3초 후의 내가 '본체'가 되었으므로, 나는 죽은 적이 없는 셈이 된 거다.

기이한 경험이었으나, 그 어느 것도 나였기에 별로 혼란스럽지는 않았다. 뭐, [삼위일신]을 써보는 게 처음도 아니고 말이다.

물론 [제3의 분신]을 써보는 건 처음이긴 하지. 이거 숨겨진 옵션이 드러난 게 불과 4초 전이었으니.

아, 지금은 시간이 좀 더 지났나. 뭐 아무럼 어때. 숨겨진 옵션이 벗겨지는 조건은 아무래도 일정 신성을 모을 것, 그리고 죽음의 위험을 느낄 것. 이 두 개겠지. 추측이지만.

좋은 옵션이긴 한데 신성 소모가 좀 격렬하고 스킬 쿨이 좀 길다. 하지만 언제나 그렇듯 중요한 건 결과다. 나는 살아남았다. 이거면 됐지, 뭐.

악마성은 주포를 쏜 후에는 힘이 빠지는지 축 늘어져 있었다. 주포도 축 늘어져 있었고. …저거에 맞아서 죽었다니, 왠지 기분 나쁜데.

"무, 무사하셨군요! 다행입니다!!"

루시피엘라가 어찌나 안도했던지, 날개를 퍼덕이는 것도 잊어버렸다. 추락하던 그녀는 재빨리 자세를 다시 잡은 후, 악귀 같은 표정으로 변해 악마성을 향해 날았다.

"네 이놈, 절대 용서치 않겠다!"

그리고 평소의 두 배 정도 밝은 신성의 빛을 뿌리며, 빛의 검을 있는 힘껏 내려쳤다.

"아아아아아압!!"

"끄아아아아악!!"

나는 나도 모르게 고개를 돌려 시선을 피했다. 거대한 무언가가 땅으로 떨어지며 일어난 지면의 진동과 아르크의 끔찍한 비명 소리로 무슨 일이 일어났는지는 알아차렸지만, 그걸 굳이 내 눈으로 직접 확인하고 싶지는 않았다.

어쨌든 이것도 찬스다. 나는 땅에 떨어진 거대한 주포를 애써 무시하고 아르크를 향해 달렸다. 그리고 세계의 힘 권역에서 벗어나 마기에 한 걸음 내딛어 사거리를 확보해, 다시 한번 [징벌의 권능]을 내리꽂았다.

꽈르릉!!

의도한 건 아니지만, 징벌의 권능으로 내려친 벼락은 악마
성의 잘려 나간 주포 뿌리 부근에 꽂혔다.

"끄, 끄아아아아아아아악!!"

아르크의 끔찍한 비명이 또다시 마계를 쩌렁쩌렁 울렸
다.

                    *   *   *

악마 여왕 비토리아나는 생각에 잠겨 있었다.

만약 자신이 그 인면독사 브뤼스만의 말대로 백작급 악마
군주 셋만 이 세계에 보냈으면 어떤 일이 일어났을까, 하는 상
상이었다.

악마 전함의 포격은 놀라울 정도로 효과적이었다. 방해마
들은 찐득찐득하니 크루세이더들에게 들러붙어 발을 잡고 있
었고, 크루세이더들은 회복하는 속도가 피해를 입는 속도를
못 따라가 순조롭게 전투력을 잃고 있었다.

크루세이더들이 상정한 것보다 약간 더 강하긴 하지만, 그
래도 예상을 크게 뛰어넘을 정도로 차이가 있지는 않았다. 만
약 브뤼스만의 서신에 따라 백작급 셋만으로 이들을 상대토
록 했다면 약간의 무리는 따르겠지만 승리하는 건 악마 군주
측이었으리라.

그러나 여기에 이진혁이라는 존재가 추가되면 조금 달라진다.

"…그렇군."

비토리야나는 결론에 도달했다.

"브뤼스만은 악마의 힘을 빌려 저 크루세이더 군단 하나를 소멸시키고, 이진혁만 살아남도록 계획한 거겠어."

플레이어라는 존재를 상대하는 데 있어 가장 유념해야 할 점은 '경험치를 주지 않는 것'이다. 적당히 강한 존재를 여럿 보내는 것보다 확실한 강자를 보내는 것이 이상적이다.

적을 죽여 경험치를 쌓고 레벨을 올려 성장하는 것이 플레이어이니만큼, 사망자가 나오지 않게 하는 것이 무엇보다 중요하다.

그런데 브뤼스만이 요청한 것은 백작급 셋이다. 후작급 하나가 아니라. 이진혁이 강력한 플레이어임은 이미 알고 있음에도 불구하고.

이런 요청의 이면에 존재하는 의미는 생각보다 매우 명확했다.

브뤼스만은 이진혁을 성장시키려 하고 있다.

하나의 결론에 이르렀으니, 다음으로 생각할 주제는 정해져 있는 것이나 다름없다.

왜?

사람 속도 모르는데 독사, 그것도 사람 얼굴을 한 독사의 속을 어찌 알겠느냐만. 비토리야나는 어둠 속을 더듬듯 유추했다.

"모르기는 몰라도, 자기 좋자고 하는 짓이겠지."

적어도 그것이 이진혁을 위해서 하는 짓이 아닌 것만은 확실했다.

*　　*　　*

브뤼스만은 얼굴을 찌푸리고 있었다.

"자네, 너무 약하군."

지금 브뤼스만이 들여다보고 있는 것은 바로 카자크의 상태창이었다. 보통의 경우에는 다른 사람이 다른 누군가의 상태창을 들여다볼 수 있을 리 없지만, 브뤼스만은 지금 카자크의 능력치부터 스킬 목록까지 다 확인하고 있었다.

카자크가 자신의 상태창을 공개로 전환했기에 가능한 일이었다.

"죄송합니다."

카자크는 브뤼스만의 말에 딱딱하게 대답했다.

지금 그는 브뤼스만 앞에 부복하고 있었다. 마치 충성을 맹세한 가신처럼. 하지만 목소리와 표정은 텅 비어버린 듯한 모습이다. 마치 자아를 빼앗겨 버린 것처럼. 별로 이상한 일은 아니다. 브뤼스만의 [지배의 권능]에 막 걸린 대상은 보통 이런 태도를 취하니까.

하지만 시간이 지날수록 [지배의 권능]은 심저를 파고들고, 곧 진심으로 자신에게 충성심을 바치게 될 터임을 브뤼스만은 경험을 통해 잘 알고 있었다.

"괜찮은 말을 손에 넣었다고 생각했는데, 겨우 이 정도라니 실망이야. 내가 뭘 믿고 임무를 맡기겠어? 내 참, 귀찮게."

브뤼스만은 혀를 끌끌 찼다.

"하는 수 없지. 내 힘을 조금 나눠 주마. 임무 수행에 보탬이 될 거다."

"감사합니다."

브뤼스만은 카자크의 딱딱한 대답을 듣곤 마음에 안 드는 듯 다시 혀를 차다가, 시선을 돌려 TV 쪽을 바라보았다.

코드명 신 가나안, 그랑란트 세계에서의 전투가 TV 브라운관에 떠올라 있었다.

지금은 악마 함대의 포격에 의해 크루세이더 군단이 지속적으로 피해를 입는 장면이 비쳤다. 그 장면을 보며, 브뤼스만은 낡은 소파에 깊숙이 몸을 파묻으며 흡족하게 중얼거렸다.

"그래, 모로 가도 서울만 가도 된다는 옛 속담도 있지."

"처음 듣습니다만."

카자크의 입에서 딱딱한 대꾸가 돌아오자, 브뤼스만은 큭큭

거리며 웃었다.

"좀 마이너 했나? 아니, 심하게 마이너 한 격언이지."

"그렇습니까?"

어디에 기원을 둔, 어떤 의미의 격언인지조차 카자크는 파악하지 못한 듯했다. [지배의 권능]에 당한 직후의 지능 저하는 브뤼스만으로서도 어쩌지 못하는 페널티다.

"뭐, 그거야 어찌 됐건 상관없는 일이지. 그보다……."

브뤼스만은 TV 화면에서 눈을 떼지 않은 채 말했다.

"자네에게 기아스를 건 게 이진혁이더군."

움찔. 거의 자의식이 없다시피 하던 카자크였지만, 이진혁이라는 이름에는 반응했다.

"그놈 참, 재미있어. 모든 게 뻔해져 버린 이 세계에서, 내가 파악하지 못한 변수를 만들어낸 녀석이거든."

"그렇, 습니까?"

카자크의 목소리가 떨렸다. 그러나 브뤼스만은 크게 신경 쓰지 않았다. 이런 현상도 곧 사라질 테니까. 본인의 감정보다 자신에 대한 충성심이 앞서게 될 것임은 명백했다.

"그래. 그래서 나는 놈을 한번 키워볼 생각이야."

"어째섭니까?"

"판을 흔들기 위해서는 적절한 변수가 필요한 법이거든."

브뤼스만의 눈동자에 기괴한 안광이 깃들었다. 그 안광이야말로 그가 인면독사라는 별명을 얻게 한 연원이었다.

"놈은 그 변수가 되기에 충분한 존재야."

*   *   *

이번 토벌전에서 나는 악마성을 먼저 세계의 힘 권역으로 침식시켜 없앤 후 악마 군주를 죽이면 그 시점에서 악마 군주는 더 이상 부활할 수 없다는 정보를 얻었다.

즉, 완전한 사망이라는 결과에 도달할 수 있는 셈이다.

악마 군주에게 있어 마계를 여는 건 최후의 수단이라고 하더니, 그 이유를 이제야 알았다. 악마 군주의 부활은 일견 무한해 보이지만 사실은 만족시켜야 하는 필요조건과 충분조건이 꽤 많았고, 악마성의 옥좌는 다른 무엇보다 앞서는 필요조건이었다.

실험에 협조해 준 악마 군주 아르크에게 감사를.

날 죽이려 든 아르크에게 고마운 마음을 품는 건 이상하다고 여겨질 수 있으나, 내가 얻은 게 워낙 많았다. 비단 실험에 협조해 준 것뿐만이 아니었다.

악마성과 결합한 악마 군주는 아예 다른 존재로 카운트되는지, 처음 아르크를 죽였을 때보다 많은 경험치를 얻었다. 하긴 그 마기의 질량, 부피, 그리고 밀도는 아르크 단일 개체와는 비교도 되지 않았으니 어찌 보면 당연한 결과라고 할 수도 있었으리라.

아무튼, 그 결과. 나는 성장했다.

3차 직업인 폭격가의 레벨이 다섯 단계 성장했지만, 솔직히 이건 별로 중요하다는 생각이 지금 당장은 들지 않는다.

더 중요한 건 이것. 세계 퀘스트를 해결해 얻은 [세계의 힘 파편] 10개와 [레벨 업 쿠폰] 10매. 그러나 이것보다도 중요한 게 존재한다.

―[선멸자]로의 전직이 가능합니다.
―전직하시겠습니까?

드디어 히든 직업의 전직 퀘스트를 다 깨고 전직이 가능해졌다!

정말 아르크에게는 아무리 감사해도 모자랄 지경이다.

아낌없이 주는 악마, 아르크에게 찬사를!

뭐, 농담이지만.

"도와줘서 고마워요, 루시."

농담은 이쯤 해두고. 나는 진짜로 감사해야 하는 대상에게 고마움을 표시했다.

"그냥 반말로 하셔도 돼요."

이번엔 반말이냐. 애칭을 쓰라는 것보다 훨씬 부담스럽다. 그러므로 나는 고개를 저었다.

"아뇨, 그건 좀."

고마운 건 고마운 거고, 이건 이거다.

마계가 닫히고, 마계의 짙은 마기가 흩어지고 있다. 마치 스모그와도 같았던 그것이 걷히면서, 하늘이 보이기 시작했다. 나는 뿌듯한 마음으로 그 광경을 올려다보고 있었으나, 그 뿌듯함은 오래 지속되지는 않았다.

거대한 악마 전함이 내 머리 위를 날고 있고, 전함의 주포가 크루세이더 군단을 휩쓸어 버리고 있는 광경을 목격했기 때문이다. 더욱이 작은 악마들이 전함에서 쉴 새 없이 튀어나와 백병전을 유도하고 있었다. 포격에 함께 휩쓸리면서 말이다.

하핫, 하는 웃음이 절로 새어나왔다.

"정말, 쉴 새가 없군."

나는 마계에선 큰 쓸모를 바라기 힘들었던 [천자총통]을 도로 꺼내 들었다.

"[상유십이], [동시방열]."

차라라라락. 12문의 천자총통이 방열되었다. 그리고 방열된 천자총통들이 허공에 둥실둥실 떠오르기 시작했다. [폭격가] 스킬, [허공방열]이었다. 아르크를 처치함으로써 잠깐 꺼져 있던 [필사즉생]은 다시 곧 켜지겠지. 다행히 [강화포탄 생성]으로 만들어둔 포탄 저장량은 충분했다.

"루시, 도와줄 겁니까?"

"그럼요."

저 함대는 당신 편일 텐데요? 라는 의문이 뒷면에 살짝 발려 있는 질문이었으나, 루시피엘라의 대답에는 망설임이 단 한 점도 묻어나지 않았다. 곧장 하늘로 날아오른 루시피엘라는 우글우글 몰려드는 작은 악마들을 빛의 검으로 쓸어버리기 시작했다. 행동으로 대답한 셈이다.

그렇다면야, 뭐.

"[대파괴 오케스트라]."

이번에는 합주곡이라도 연주해 볼까.

*　　　*　　　*

내가 예상했던 것보다 상황은 훨씬 좋지 않았다.

야코프를 비롯한 크루세이더 군단은 필사적으로 싸웠으나, 이미 패배가 정해진 싸움이나 다름없었다. 사기는 떨어졌고 전투력도 손실되었다. 크루세이더들 중에 살아남은 건 30% 미만이었고, 살아남은 이들도 태반이 중상자였다.

만약 이것이 인류 간의 전쟁이었다면 크루세이더는 이미 대패했음을 인정하고 항복을 택했을 결과였다.

그러나 상대는 악마고, 항복은 곧 죽음을 뜻한다. 그것은 단순한 죽음이 아니라 악마에 의해 육체는 희롱당하고 영혼은 뽑혀 냉동고에 보관되다가 요리라는 이름의 고문을 당한 후에 잡아먹히는 최후를 뜻한다. 아무리 희망이 없어도 억지로라도 끝까지 싸워야 하는 전투였다.

그렇기에 크루세이더들은 말을 듣지 않는 사지를 억지로라도 움직이려 애쓰며 죽을힘을 다해 싸우고 있었다. 말 그대로, 죽을힘을 다해.

차라리 전장에서 죽는 것이 낫기를 알기에 절망에 파묻힌 채라도 그렇게 싸우고 있는 거였다.

머리 위에 놓은 진은제 헤일로가 휘릭휘릭 돌며 내게 신성을 공급해 주고는 있지만, 역시 소모되는 속도가 너무 빨라 언 발에 오줌 누는 격밖에 되지 않았다. 그럼에도 불구하고 내가 적은 신성이나마 끌어다 써야 하는 이유는 이미 충분했다.

나는 그들의 처절한 사투에 최소한도의 경의를 표하지 않으면 안 됐다. 비록 같은 인류라 할 수는 없는 상대고 어디까지나 임시의 협력 체제를 구축한 상대에 불과하나, 그래도 일주일간 침식을 같이한 전우다. 경의를 표하기에는 충분하지.

더욱이.

"이진혁! 무사했나?! 다행이로군!!"

"하! 누가 누굴 걱정하는 거야?"

상대도 내게 경의를 표하고 있음이 거의 확실한데, 내가 스크루지 영감처럼 경의를 아끼고 있을 수야 없었다.

"물러서. 성지를 열겠다!"

[진리의 검]-[불꽃의 검]-[낙원의 수호자]

나는 신성을 진리의 검에 불어넣어 빈사 상태에 놓인 크루세이더 군단을 성지 안에 밀어 넣었다. 그러자 크루세이더 군단의 영혼을 수확하기 위해 들러붙어 있던 작은 악마들이 성지에서 추방되었다.

"끼아악!"

"쿠아악!!"

개중에는 그저 성지에서 밀려나는 것만으로 온몸이 터지며 즉사하는 것들도 있었다.

"오, 오오……."

"역시 대단하군……."

뒤에서 감탄사가 들렸다. 하지만 그 감탄사를 들으며 내가 품은 감정은 우월감과는 거리가 멀었다. 저런 파리 같은 것들도 죽이지 못하고 내쫓지도 못한 채 필사의 저항을 이어가던 크루세이더 군단에게 나는 안타까움과 연민을 품었다.

바로 그때였다.

─숨겨진 옵션 개방!

[진리의 검]의 마지막 숨겨진 옵션이 개방된 것은.

[파괴의 불꽃]—[불꽃의 검]을 활성화하고 있을 때 사용할 수 있다. 추가로 신성을 소모한다. [불꽃의 검]으로 생성한 불꽃에 [파괴 속성]을 부가한다. [파괴의 불꽃]으로 사악한 것이나 타락한 것을 파괴할 때마다 소모한 신성의 일부를 회복한다.

"…오."

아무래도 조건이 빈사의 아군을 지키기 위해 성지를 여는 것이었던 모양이다.

지금 상황에서 바라 마지않던 옵션이다. 나는 곧장 [파괴의 불꽃]을 활성화시켰다. 그러자 불꽃에서 츠츠츠츠, 하는 소리와 함께 스파크가 튀었다.

베어볼 게 없나, 하고 봤더니 [성지]로 인해 밀려난 작은 악마들이 성지 안으로 침입하려다 실패하곤 원인 제공자로 보이는 내게 달려들고 있었다. 너무 약한 상대라 직감이 아예 반응을 안 해서 눈으로 보고서야 알아차릴 수 있었다.

나는 일단 가장 앞에 있는 작은 악마를 베어보았다.

픽.

그러자 악마가 작은 종이풍선 터지는 소릴 내며 없어졌다.

상대가 너무 약한 터라 경험치는 하나도 들어오지 않았지만 신성은 10 정도 회복되었다. 회복량이 적어 보이지만 그

렇지 않다. 작은 악마들은 얼마든지 있으니. 이것들을 다
베고 나면 소모했던 신성을 거의 다 회복할 수 있을 것 같
았다.

"뜻하지 않은 파밍 타임이로군."

[바즈라다라의 바즈라]
[항마의 칼날]—활성화시 [마]를 대상으로 300%의 추가 피해를
입히는 뇌전의 칼날을 뽑아낸다. 이 칼날로 [마]를 소멸시킬 때마
다 근력, 강건, 신성이 영구적으로 1씩 상승한다.

원래 [항마의 칼날]로 쌓을 수 있는 능력치 스택은 제한이
있으나, 내게는 [한계돌파]가 있다. [파괴의 불꽃]으로 신성을
회복하는 것도 중요하지만 [항마의 칼날] 스택은 능력치 자체
의 상승이기 때문에 밸런스가 중요하다.

물론 지금 당장은 아르크 후작을 상대하느라 소모한 신성
을 회복하는 게 더 중요하지만 말이다.

"이놈들은 다 내 거야. 나대지 말고 뒤에 얌전히 있으라
고."

나는 야코프에게 그렇게 이죽거리곤, 대답은 듣지 않고 앞
으로 나섰다. [바즈라다라의 바즈라]는 아예 인벤토리에 집어
넣은 후, 진리의 검을 양손으로 잡고 마구 휘둘러 작은 악마

들을 마구 터뜨리기 시작했다.

적당히 회복하고 나면 또 스왑해야지. 그런 욕망에 찬 생각을 품고 말이다.

Chapter 6

"각 전함, 후퇴! 마기 실드를 전개하며 후퇴하라!"

갑작스럽게 등장한 이진혁, 그리고 그의 반격에 악마 여왕 비토리야나는 급히 휘하에 명령을 내렸다. 악마 전함이 이진혁의 포격을 좀 맞는다고 바로 격침될 정도로 연약하진 않지만, 그럴 가능성이 존재한다는 것 자체가 여왕에게 있어선 스트레스였다.

휘하의 악마야 소모해도 큰 피해라 할 수 없다. 조금쯤 잃어도 시간만 있으면 얼마든지 보충할 수 있으니. 그러나 전함의 경우는 다르다. 악마 전함은 단 한 대도 잃어선 안 되는 귀중한 자산이다. 심지어 수리하는 데도 제약이 따른다. 가능만

하다면 깃털에라도 스치고 싶지 않다.

'생각했던 것보다 아르크 후작의 마계가 깨지는 게 빨랐어.'

만약 미리 알았다면 크루세이더 군단을 습격하거나 하는 리스크 있는 작전을 벌이지도 않았을 것이다. 그만큼 이진혁은 비토리야나의 예상을 뛰어넘었다.

'그렇다는 건 역시……'

이진혁은 명백히 강해졌다. 아르크를 잡아먹고 레벨 업을 했다는 증거였다. 가설은 충분한 근거를 갖췄다.

거의 확실하게, 이진혁의 특성은 한계돌파다.

'아니, 확실해. 아니라면 그 인면독사가 그를 키워내려고 그렇게 수를 쓸 리가 없지!'

브뤼스만이 비토리야나를 아무 대가도 없이 부려먹을 수 있는 건 아니었다.

비록 심하게 불공평하긴 했지만 두 존재의 거래는 어디까지나 계약에 기반하는 것이었다. 비토리야나 휘하의 악마들을 용병, 더 정확히는 먹잇감이나 미끼로 쓰는 대신 여왕이 얻은 것이 바로 이 악마 함대였다.

즉, 브뤼스만으로서도 이진혁에 대한 '투자'는 공짜가 아니었다. 그런 대가를 비토리야나에게 지불하면서까지 그를 키워내려는 이유가 무엇이겠는가? 바로 그의 특성 때문이다. 비토리야나는 그렇게 넘겨짚었다.

비토리야나는 입술을 핥았다. 욕망이, 야망이 들끓었다. 드디어 그렇게 찾아다니던 가능성, 변수를 손에 넣었다.

'아직은 아닌가.'

비토리야나는 빠르게 뛰는 심장을 진정시키려 노력했다. 이성보다 마음이 앞선다. 어쩔 수 없었다. 백 년간 애타게 바라오던 것이 눈앞에 있었다. 손만 뻗으면 닿을 것만 같은 곳에.

"내가 직접 나서겠다. 너희는 모두 물러나라."

결국 비토리야나는 그렇게 명령을 내리고 말았다.

여왕이 직접 전장에, 그것도 최전선에 나선다는 건 말이 안 되는 이야기이나 비토리야나는 더 미루고 싶지 않았다.

휘하 악마 군주들의 충정 어린 만류가 몇 차례 이어졌으나, 비토리야나는 모두 무시했다.

악마 여왕은 이미 마음을 굳혔다.

*　　　*　　　*

악마들을 얼마나 베어 넘겼을까, 소모한 신성의 대부분을 회수하고 이번엔 [바즈라다라의 바즈라]를 들어 능력치 보너스 스택을 쌓을 때 즈음이었다.

"…그런데 이상한데."

한참 동안이나 작은 악마들을 죽이고 있다 보니 위화감이 들었다. 위화감의 정체를 깨닫는 것에 많은 시간이 걸리지는 않았다.

포격이 멈췄다.

크루세이더들을 노리고 쏘아대던 전함의 포격이 멈췄고, 어느새 전함들은 저 멀리 물러나 내 포격이 통하지 않는 거리까지 멀어져 있었다. 그에 따라 내 [대파괴 오케스트라]도 멈췄고 말이다.

악마 전함을 상대로는 어차피 [악마에 대한 증오심]이나 여타 악마 대상 패시브 스킬도 먹히지 않아 상성이 좋지 않았기 때문에, 내게는 더 유리한 상황이었다.

하지만 뭘까? 이 안 좋은 예감은.

"…안 되겠군."

나는 다시 시스템창을 열고 조금 전의 전직 확인창을 띄웠다. 그리고 전직하겠다는 선택지를 골랐다. [레벨 업 마스터]의 [직업소개소]를 이용할 때와 별다를 바 없이 전직이 완료되었다.

이로써 나는 처음으로 히든 직업으로 전직한 셈이 되었지만, 그 사실에 감흥을 느낄 여유는 없었다.

식은땀이 등을 타고 주르륵 흘러내리는 감각이 소름끼쳤다. 직감이 소리를 고래고래 지르고 있었다.

위험하다고, 당장 여기서 도망치라고.

"악마 여왕께서… 납셨네."

나는 억지로라도 웃으려고 했지만 실패했다. 여유를 가장할 수도, 가짜 웃음을 띨 수도 없었다.

　　　　*　　　　*　　　　*

　치지지직…….

　인면독사 브뤼스만이 보고 있던 TV의 화면이 듣기 싫은 노이즈를 내더니 이윽고 그대로 꺼졌다. 낡은 TV의 브라운관이 마지막으로 비춰주고 있던 장면은 이진혁이 마계를 닫고 악마 함대와의 전투에 나서는 모습이었다.

　"오늘은 여기까지로군."

　혀를 찬 브뤼스만은 TV의 전원 선을 아예 뽑아버렸다.

　"카자크. 네게 명령을 내리겠다."

　"무슨 명령이든 내리십시오."

　"일단 이걸 받아라."

　카자크는 브뤼스만이 내민 종이 한 장을 받았다. 계약서였다.

　"사인해라."

　브뤼스만은 카자크가 계약서의 내용을 읽어보기도 전에 명령을 내렸다. 이미 [지배의 권능]에 당한 카자크로서는 그 명령을 거부할 수 없었다. 명령대로 카자크가 사인하자, 브뤼스만은 독사처럼 웃으며 말했다.

　"내 권능에서 벗어날 경우 악마에게 영혼을 위탁하는 계약이다. 권능이 깨지지 않도록 조심해야 할 거야. 특히 이진혁을 조심해. 놈은 내 권능을 깨는 능력을 지니고 있으니."

"…알겠습니다."

뒤늦게 계약서의 내용을 확인한 카자크는 고개를 끄덕였다.

"그럼 이제 이걸 받게."

그 다음으로 브뤼스만이 카자크에게 넘긴 것은 쿠폰처럼 생긴 작은 종잇장들이었다.

"맨 위에서부터 차례대로 찢어."

카자크는 묵묵히 쿠폰들을 찢기 시작했다. 그러자 그에게 원래 없던 신성이 깃들더니, 이윽고는 더욱 강력해지기 시작했다.

"날 너무 증오하지는 말게. 이것들을 넘겨주려면 자네와 나 사이에 어느 정도 신용이 구축되어야 하거든. 아무한테나, 더욱이 날 배신할 가능성이 있는 이에게 이런 걸 줄 순 없는 노릇이니 말이야."

쿠폰을 찢는 카자크를 바라보면서, 브뤼스만은 엷은 웃음을 띤 채 독백처럼 말했다.

"시스템에는 생각보다 히든 피스가 많아. 어떻게든 시스템의 허점을 파고들려고 한 옛 선인들의 노력이 빚어낸 결과물이야. 신을 섬기지 않고도 권능을 얻고, 싸우지 않고서도 경험치를 얻고, 원래 허락되지 않은 영역을 밟을 수 있도록."

브뤼스만의 눈이 독사처럼 가늘어졌다.

"그 쿠폰들이 히든 피스의 에센스나 다름없지. …그냥 종이 몇 장 찢는 걸로 역사에 남을 만한 강자가 된 느낌이 어떤가?"

*   *   *

나는 레벨 업 쿠폰을 찢을까 말까 고민했다.

지금 상태로, 지금의 전력으로 악마 여왕과 맞붙으면 승리할 가능성은 전혀 없다.

히든 직업의 레벨을 조금이라도 올리면 그래도 승기가 좀 보이지 않을까? 했지만, 그런 고민은 애초에 할 필요가 없었다. 히든 직업은 레벨 업 쿠폰으로 레벨을 올릴 수 없다는 시스템의 친절한 안내 메시지가 떴기 때문이다.

아, 여기서 죽는 건가? 그래도 열심히 싸웠는데. 나는 허탈하게 여왕 쪽을 바라보았다.

모든 포격이 멈추고, 마치 처음부터 전투 따위는 일어나지도 않았던 것처럼 침묵과 정적이 이어지는 가운데 여왕은 하늘을 둥실둥실 떠서 날아오고 있었다.

악마 여왕이니만큼 아르크 후작보다 거대하겠지? 했던 내 예상은 틀렸다. 오히려 여왕은 다른 악마보다, 내가 종이풍선 터뜨리듯 손쉽게 죽인 하급 악마들보다도 작았다. 얼마나 작냐면, 인간과 사이즈가 비슷할 정도였다.

더욱이 외견보다는 전투력에 모든 것을 투자했다는 느낌인

여타 악마들과는 완전히 다른 외견을 갖추고 있었다. 단편적으로 말하자면, 아름다웠다. 그러나 그냥 아름다운 게 아니었다.

초월적인 아름다움은 사람을 압도한다. 잘 벼려진 칼과 같은 느낌을 주기도 한다. 때로는 보는 자로 하여금 공격받는다고 느낄 만한 위기감을 선사하기도 한다. 하지만 악마 여왕의 외견에는 그런 게 느껴지지 않았다. 그녀의 아름다움에는 친근함마저 느껴졌다.

만약 내 직감이 낮았다면 악마 여왕을 상대로 그 어떤 위압감도 느끼지 못했으리라.

마기는 잘 갈무리되어 몸의 어느 곳에서도 새어 나오고 있지 않았고, 마력이나 내공 같은 다른 기운도 찾아볼 수가 없었다. 체구도 작고 근육도 눈에 띄지 않으니 오히려 만만하게 볼 수도 있겠다 싶었다.

보는 이로 하여금 경계를 풀고 방심을 끌어낼 만한, 그런 외견이라 할 수 있겠다. 저런 여왕의 외견은 아마도 전략적으로 계산해 조형한 결과물이리라.

인간을 유혹하고 타락시키기 위해.

나를 똑바로 바라보고는 싱그러운 미소를 지으며 날아오는 악마 여왕의 모습에, 나는 각오를 다졌다.

"사정거리 안으로… 들어왔군!"

공중에 둥실둥실 떠 있던 12문의 천자총통이 모조리 악마 여왕을 겨누었고, 빛의 포탄을 동시에 발사했다. 선수필승이다! 아니, [선수필승]이다! 사거리를 두 배로 늘려주는 패시브 스킬의 힘으로, 나는 일방적인 공격을 퍼부을 수 있었다.

그러나 그 공격이 얼마나 무의미한 거였는지에 대해서 깨닫기까지는 그리 긴 시간을 필요로 하지 않았다.

놀랍게도 악마 여왕은 신성을 다루어 내 빛의 속성을 품은 마력 포탄들을 손쉽게 흘려내 버렸다. 악마 주제에 신성이라니! 이래도 되는 건가? 하긴 나 자신도 신성과 마기를 동시에 다루니, 있을 수 없는 일이라고 하기엔 좀 뭐한 구석이 있다. 그래도 그렇지, 상대는 악마 여왕인데! 카운터 속성인 빛의 마력이 통하지 않으면 뭘 어떻게 해야 하지?

"이진혁 님, 저는 더 이상 당신을 적대할 생각이 없습니다."

하지만 악마 여왕은 먼저 공격한 내게 반격을 해오지 않았다. 그러기는커녕, 꽤나 예의 바른 어투로 말을 걸어왔다.

"하! 이제껏 악마들을 부려 실컷 내게 공격을 해놓고서, 터진 입이라고 잘도 지껄이는군!"

악마 여왕을 상대로 승리를 거둘 가능성은 손톱 끝에 달라붙은 세균 한 마리만큼이나 존재하는지조차 의심이 들 정도였지만, 그래도 나는 억지로라도 사기를 끌어올리기 위해 일부러 강경한 어투를 사용했다. 다행히 [필사즉생]의 사기 증가 효과가 살아 있었던 덕도 보았다.

내 적대적인 말을 듣고도 악마 여왕은 슬픈 듯 고개를 두어 번 저어 보일 뿐이었다.

"그건 당신을 성장시키기 위해 한 일입니다. 이미 아실 텐데
요? 제 수하들에게는 당신을 죽이지 말라고 명령해 두었던 것
을요."

그렇긴 하다. 앞뒤가 들어맞는 설명이다. 하지만 왜?

"당신을 시험하려 한 건 죄송합니다. 그러나 제겐 필요한
절차였습니다. 이것은 빚으로 남겨놓을 것이며, 어떤 방식으로
든 갚겠습니다. …당신께서 고개를 끄덕여 주신다면요."

"이진혁 님, 안 됩니다!"

그때, 루시피엘라가 끼어들었다. 그녀를 보곤 악마 여왕은
생긋 웃었다. 그러자 루시피엘라는 그 자리에서 사라져 버렸
다.

…뭐지?! 방금 무슨 짓을 한 거지?

타인을 강제로 공간 이동 시키는 스킬인가? 그걸 꽤 강력
한 인물인 루시피엘라를 상대로, 사전 시간조차 없이 즉시 발
동하다니. 터무니없는 스킬이다. 적어도 신화급이겠지. 그 이
상의 급인 스킬일 가능성도 있고, 어쩌면 스킬조차 아닌 고유
능력일 가능성도 배제할 수 없다.

나는 마른침을 삼키지 않기 위해 노력해야 했다. 아무리 그
래도 긴장한 기색을 풀풀 풍기고 다닐 수야 없는 노릇이니까.

그런 내게, 악마 여왕은 실로 예의 바르게 고개를 숙이며
인사했다.

*   *   *

"아직 제 소개를 하지 않았군요. 제 이름은 비토리야나 에르제베트라고 합니다. 좀 긴 이름이지요? 비토리라고 부르셔도 되고, 에르제라고 부르셔도 됩니다. 편하신 대로 부르세요."

상상한 것 이상으로 우호적인 태도에, 나는 다소 놀랐다.

"그렇군. 자기소개에 감사하지. 비토리야나 에르제베트 여왕 폐하."

나는 일부러 풀 네임으로 악마 여왕을 불렀다. 별로 도발하려는 의도는 아니었다. 그냥 처음부터 애칭을 쓰는 데 부담을 느꼈을 뿐이었다.

비토리야나는 그런 내 대구에 살짝 슬픈 기색을 띠었을 뿐, 더 이상 뭐라고 하지는 않았다.

"내 소개는 필요 없을 것 같군. 그동안 날 지켜봐 왔던 것 같으니."

"무례에 다시금 사죄드립니다."

또 한 번 고개를 숙이는 비토리야나에게 고개를 까딱 끄덕여 사죄를 받아넘기고, 나는 그녀의 입에서 흘러나온 지금까지의 이야기에서 신경 쓰였던 것을 먼저 물었다.

"그래서, 수하 악마들의 목숨을 던져주면서까지 날 키운 이유가 뭐지?"

비토리야나는 고개를 한 번 끄덕이고 대답했다.

"이야기가 조금 길어집니다. 그리고 서두 부분은 조금 뜬금없게도 느껴지시겠지요."

그렇다고 말을 안 할 건 아닌지, 비토리야나는 바로 이어서 말했다.

"사실 악마는 신의 창조물입니다."

진짜 뜬금없는 이야기가 시작됐다.

"지금에 와서야 천사와 악마는 대항 세력에 가까운 이미지입니다만, 태초에는 그렇지 않았습니다. 오히려 동족, 친척이라 할 수 있습니다. 더 정확하게 하자면 악마 또한 천사의 일종에 가깝지요."

뭐, 잠자코 듣기야 할 테지만 말이다.

"그러나 아시다시피 그 역할은 다른데, 악마는 인간을 유혹하고 타락시키는 임무를 받는 반면 천사는 악마의 유혹을 이겨낸 영혼을 신에게 인도하는 임무를 받습니다."

나는 정말로 입을 다문 채 잠자코 들었다. 그래선지, 아니면 원래 이런 건지, 비토리야나는 더욱 열기 띤 목소리로 설명이랄까, 강의를 이어나갔다.

"굳이 비유하자면 맛있는 토마토가 생산되려면 강한 태양이 필요하지요? 그 태양의 역할을 악마가 맡고, 수확하는 농부의 역할을 천사가 맡는 셈인 거죠. 그리고 신은 농장주의 역할을 맡게 되겠군요."

북풍이 바이킹을 낳는다, 뭐 그런 이야기인 것 같았다.

"저희를 만들어낸 신이 천사와 악마 둘 모두를 만들어낸 건 필요에 의해서입니다. 질 좋은 영혼을 효율적으로 수확하기 위한 수단으로써 운용한 거죠."

거기까지 말하고, 비토리야나는 고개를 한 번 끄덕인 후 힘주어 이어 말했다.

"예, 저희는 그저 도구일 뿐이었습니다. 악마들이 태초부터 사악한 건 아니었어요."

"별로 그래 보이진 않던데."

인류종을 식량으로 삼고 죽은 후에까지 고문한다던 뤼펠이나 아르크 등의 악마 군주들이 내 앞에서 늘어놓은 언행을 미루어 볼 때, 비토리야나의 옹호는 변명처럼도 느껴지지 않았다.

"이진혁 님께서 만나고 겪은 악마들에게서 그런 인상을 받으신 것도 무리는 아닙니다. 고대 악마와 현대 악마는 완전히 다른 존재니까요. 이진혁 님께서 만나신 악마들은 주로 현대 악마들입니다."

딱 봐도 비토리야나가 고대 악마, 아르크 후작을 비롯한 악마 군주와 하급 악마들은 현대 악마 같았다.

"신에 의해 창조된 고대 악마들과 달리 현대 악마들은 아무 목적 없이 태어난 존재. 신에게서 받은 임무도 없이 그저 대지에 흩뿌려졌을 뿐인 이들입니다."

그건 마치… 인간 같다고 하려다가 그런 철학적인 사유 따위 나와 상관없다는 걸 깨달았다. 이야기나 마저 듣자.

"약육강식의 환경에서는 별 필요 없는 고대의 능력은 버리고 자신들이 원하는 능력을 새로이 갖춘 것이 지금의 악마들이지요."

적자생존의 법칙에 따라 그들은 그렇게 변한 것이라고 비토리야나는 설명했다. 그 설명으로 내가 받은 인상은 명확했다.

"동물적이로군."

내 감상에 비토리야나는 조용히 고개를 끄덕였다.

"그렇지요. 그렇기에 그들은 추하고 사악합니다. 그 추한 외견은 더 이상 인간을 유혹할 필요가 없기에 아름다움을 버린 결과물이며, 그 사악함은 살아남기 위해 갖춘 거친 성정으로부터 비롯된 것이라고 할 수 있겠군요."

마치 강의라도 하듯, 비토리야나는 나지막한 목소리로 그렇게 설명했다. 무서운 점은 그녀의 목소리가 듣기 좋고 외견이 아름다워 별로 지겹지도 졸리지도 않는다는 점이었다.

"말하는 걸 듣자 하니… 마치 고대 악마들은 현대 악마들과는 다르다고 말하는 것 같군."

"그렇습니다. 고대 악마들은 다릅니다."

비토리야나는 단언했다.

"그러나 현대 악마들이 고대 악마로부터 말미암은 존재라는 것 또한 사실이지요. 본질적으로는 같을지도 모릅니다. 그럼에도 고대 악마가 자신의 아름다움을 갈고 닦고, 악한 성정을 드러내지 않도록 주의하는 건 옛 임무 때문이지요."

비토리야나의 목소리에서 슬픔이 묻어났다.

"이미 신이 사라진 지금에야 그럴 필요가 없음에도, 저를 비롯한 고대 악마는 여전히 옛 임무에 묶인 채입니다. 아무 이유도 없이 인간종을 유혹하고, 다른 종족을 타락시키지요. 더 이상 그럴 필요가 없음에도 불구하고도 말이죠."

비토리야나의 이야기는 자신들의 사악함을 긍정하면서, 그 사악함이 신으로부터 비롯됐으니 자신들 탓이 아니라고 하는 것처럼도 들렸다.

"그런 의미에서는 자유롭게 살아가는 현대 악마가 부러운 점도 있습니다. 그렇다고 그들의 추함과 사악함까지 사랑하는 건 아니지만요."

이어진 그 말로, 본인들은 그 '옛 임무'에서 해방되면 더 이상 사악한 일을 저지르지도 않을 거고, 사악한 존재조차 아니게 되리라고 설파하는 것 같았다.

과연 그럴까 싶기도 하지만, 아직 그녀의 이야기는 끝나지 않았다.

"자아, 이제야 본론에 들어갈 수 있겠군요. 제가 왜 이진혁 님을 성장시켰는지 물으셨죠?"

분위기를 전환이라도 하듯, 비토리야나는 밝은 목소리로 말했다. 내가 고개를 끄덕이자, 비토리아나는 싱긋 웃으며 말했다.

"그것은 이진혁 님께서 저희 고대 악마의 숙원을 풀어주실 가능성을 지녔을 수도 있을 거라 생각했기에 벌인 일이었습니다."

"숙원?"

어디서 들어봤던 이야기 같았다. 아, 그래. 맞아. 루시피엘라가 이거 비슷한 이야기를 했었지. 아르크의 마계에서 잠깐 대화를 나눴을 때 나왔던 이야기다. 아무래도 전투 중이었던지라 자세한 이야기를 나누지는 않았지만 말이다.

"그렇습니다. 앞서 말했듯이 저희 고대 악마들은 죽은 신의 임무에 매여 있습니다. 신이 부여한 임무라 내려놓지도 못하는 과중한 임무지요. 하지만… 어쩌면 이진혁 님께서 저희를 그 임무에서 해방시켜 주실 수도 있습니다."

"내가?"

"네."

비토리아나의 눈동자가 진지한 빛을 띠었다.

"왜냐하면 이진혁 님께서는 특성으로 '한계돌파'를 지니고 계시니까요."

그걸 어떻게 알았지? 라고 하기엔 내가 전장에서 레벨 업을 하는 모습을 지나치게 많이 보여줬다. 루시피엘라도 그걸 눈치채고 나에게 날아온 거 같고 말이다.

"한계돌파를 지닌 플레이어는 뭐든 가능하다고 일컬어지고 있습니다. 시간이야 걸릴지도 모르지만, 가능성이 존재한다는 점에서 저희로서도 필사적일 수밖에 없었죠. 그런 면에서 무례한 방법을 택한 것에는 다시 한번 사죄드립니다."

비토리아나는 말로만 사과하지는 않았다. 무려 악마 여왕씩이나 되는 존재가 내 앞에서 허리를 깊숙이 숙이며 사죄하는 모습을 보여주고 있었다.

"물론 말로만 죄송하다고 넘어갈 생각은 없습니다. 적절한 배상을 약속드리지요. 더불어 이진혁 님께서 마음껏 성장하시기 위한 기반을 제공하겠습니다."

"기반이라고?"

"네. 플레이어는 악마를 벰으로써 성장하실 수 있으시잖습니까?"

비토리아나는 고혹적으로 웃어 보였다. 그 미소를 본 난 오소소 소름이 돋아 오르는 것을 느꼈지만 말이다. 그녀의 말에 숨겨진 속뜻은 실로 명확했다. 휘하의 악마들을 죽여서 성장하라는 뜻이다.

…이 여자, 역시 악마는 악마다.

하지만 내게 있어선 군침 도는 제안이 아닐 수 없었다. 악마 여왕이 직접 제공해 주는 안전한 사냥감을 베어가며 안정적으로 성장할 수 있는 기회니까.

나는 잠시 고민했다. 아무리 깊이 고민해도 그녀의 제안에서 내가 손해 보는 걸 찾아볼 수가 없었다. 어쩌면 내가 잘못 생각하는 것일 수도 있고, 뭔가 함정이 있을지도 모르지만 그때를 대비한 보험도 하나 들어두었다.

좋아, 결정했어.

"…알았어. 그 사죄를 받아들이기로 하지."

나는 비토리야나의 제안에 고개를 끄덕였다.

그 순간, 비토리야나의 분위기가 변했다. 표정이 변한 것도 아니거니와 태도가 변한 것도 아닌데, 오로지 분위기만이 일변했다. 뭐지?

"방금, 고개를 끄덕이셨죠?"

"어, 어."

나는 다소 당황해 대꾸했다.

"세 번째. 분명. …였습니다."

"뭐?"

잘 들리지 않았다. 그리고 들으려고 애쓸 필요는 없었다.

직감이 고래고래 소리 질렀다. 위기감으로 온몸의 털이 쭈뼛 섰다. 나는 도망치려고 했다. 동시에 나는 그 시도가 아무런 의미가 없음을 직감했다.

[유혹의 권능]

…이런 거였군!

권능 스킬의 발현에는 조건을 만족시킬 필요가 있다. 그리고 비토리야나의 권능, [유혹의 권능]은 발현 조건으로 상대가 세 번 고개를 끄덕이게 만드는 것을 요구하는 모양이다.

괜히 긴 이야기를 꺼내며 내 반응을 살핀 것도 그런 이유였고 말이다.

"이제… 알았어!"

나는 [유혹의 권능]의 힘이 나를 완전히 사로잡기 전에, 스킬을 발동했다.

스킬은… 발현했다!

*   *   *

어지럽다!

눈앞이 뱅글뱅글 돈다. [에이스의 곡예비행]을 쓰고 공중에서 수십 바퀴 회전을 자유자재로 하고도 어지럼증을 느끼지 못한 나다. 그런데 이런 어지럼증에 구역질이라니, 확실히 시간을 거슬러 올라가는 건 말 그대로 차원이 다른 모양이다.

아니, 사실 시간을 거슬러 올라간다는 표현에는 어폐가 있다. 정말로 시간을 뒤로 돌리는 건 아니니 말이다. 나는 그저 몇 분 정도 미래를 미리 경험한 것뿐이다.

[선멸자]의 1레벨 스킬인 [선험]을 통해서 말이다.

[선험Pre-experience]

—등급: 신화적 유일(Mythic Unique)

—숙련도: 연습 랭크

—효과: 신성을 소모한다. 미래를 미리 경험한다.

괜히 선별자가 히든 직업이 아닌지 1레벨부터 신화적 유일 등급 스킬을 주는 게 심상치 않다. 스킬의 효과도 심상치 않고 말이다.

스킬의 효과만큼이나 신성 소모가 격렬했지만, 그리고 이 스킬을 쓴 상태에서 길어지는 비토리아나의 이야기를 듣는 건 꽤나 속 타는 일이었지만. 결과를 놓고 보자면 소모한 신성이 아깝지는 않았다.

세상에, [유혹의 권능]이라니!

이런 거에 걸리느니 목숨 두세 개 정도 주는 게 낫다. 잘못했으면 미래영겁토록 저 악마 여왕의 노예가 되어 부려 먹힐 뻔했다. 설령 최후가 있다 한들, 그 최후는 유혹당해 저항조차 못한 채 여왕에게 잡아먹히는 게 고작이겠지.

그걸 스킬 하나로 회피했으니, 신성 절반쯤은 소모해도 아깝지 않다.

"윽……!"

아니, 사실 완전히 회피한 건 아니다.

괜히 권능급 스킬이 아닌지라, [선험] 스킬의 지속 시간 도중에 걸린 것임에도 [유혹의 권능]은 사라지지 않았다. 나는 지금도 유혹에 걸린 상태다!

그나마 내 반격기 스킬이 [반격하는 신]으로 진화하면서 권능 스킬도 [차단]할 수 있어서 다행이지. 물론 이전에도 여러 번 사용해 랭크를 떨어뜨리는 식으로 [차단]할 수는 있었지만, 지금의 내겐 그 정도의 시간도 여유도 없었다.

나는 지금이라도 비토리야나에게 달려가 무릎을 꿇고 사랑을 속삭이고 싶은 마음을 억누르고 재빨리 [차단]을 사용해 [유혹의 권능]을 취소시켰다.

…위험했다!

만약 권능이 본격적으로 힘을 발휘하는 상태에서 비토리야나를 실제로 봤다면, 그리고 비토리야나가 이런 내 상황을 알고 적극적으로 이용했다면 [유혹의 권능]을 차단시킬 의지조차 잃고 말았으리라.

하지만 다행히 그런 일이 일어나기 전에 차단할 수 있었다.

그리고 바로 저기에, 비토리야나가 날아오고 있었다.

"어후, 어휴."

식은땀이 등을 타고 주르륵 흘러내렸다.

진짜, 정말 아슬아슬했네.

*   *   *

"루시!"

나는 루시피엘라를 불렀다. 그러자 여왕을 앞에 두고 극도의 긴장 상태였던 그녀가 화들짝 놀라더니 내게 다가왔다. 음, 이 반응은 조금 귀엽다.

"무슨 일이시죠?"

"내 뒤에 서 있도록 해요. 전투태세 풀고, 무장해제 하고."

나야 [선험]으로 인해 비토리야나가 싸움을 걸러 오는 게 아니라는 걸 알고 있으니 이런 말을 할 수 있는 거지만, 루시피엘라는 당연히 그렇지 않다. 그녀는 손에서 빛의 검을 놓지 못하고 나와 비토리야나를 번갈아 보며 망설였다.

"네? 하지만……."

"말 들어요."

"…네."

그래도 내 말을 무시할 생각은 없는지, 루시피엘라는 칼을 칼집에 넣고 내 뒤에 얌전히 섰다. 말 잘 듣네. 머리라도 쓰다듬어주고 싶은 충동이 일었지만, 지금은 그럴 때가 아니다.

나도 쏴봤자 소용없다는 걸 잘 아는 천자총통을 인벤토리 안에 집어넣고, 진리의 검과 바즈라다라의 바즈라도 집어넣었다. 악마 여왕을 앞에 두고 무장해제를 한 셈이다.

비토리야나도 내 무장해제가 의외인 듯 눈을 휘둥그레 떴다. 그 모습이 친근하게 보이고 귀여워도 보여서 오히려 위기감이 느껴졌다. 저게 인간을 유혹하고 타락시키기 위해 취한 모습이라니. 이야기를 듣기 전이라면 믿지 않았을지도 모른다.

내 뒤에 서 우물쭈물거리던 루시피엘라는 문득 내게 이렇게 속삭였다.

"악마 여왕 앞에서 절대 고개를 끄덕여서는 안 됩니다."

[선험] 스킬로 미리 경험한 미래에서 루시피엘라는 내게 안 된다고 소리쳤었다. 지금 와서 다시 생각해 보면 그건 고개를 끄덕이지 말라는 경고였었겠지.

"알겠어요."

나는 조용히 고개를 끄덕였다. 여왕의 귀에 루시피엘라의 속삭임이 들어갔는지 모르겠군. 뭐, 상관없나. 나는 태연히 고개를 들어 여왕을 맞이했다.

"처음 뵙겠습니다, 이진혁 님. 저는 비토리아나 에르제베트. 이 악마 함대를 통솔하는 여왕입니다."

이미 한 번 들었던 소개다. 아니, 조금 다른가. 뭐, 다소의 차이야 상관할 바가 아니다.

나는 고개를 끄덕이지 않도록 주의하면서 그녀의 자기소개에 대꾸해 줬다.

"그렇군. 내 소개는 필요 없겠지?"

전보다 심플하게.

"네, 잘 알고 있으니까요."

비토리아나는 고개를 끄덕이곤 수줍게 웃으며 말했다. 이쪽에서 전보다 더 우호적인 태도를 취하다 보니 비토리야나도 확실히 태도가 좀 다르다.

그건 그렇다 치고, 세상에. 비토리야나의 저 표정 좀 보라지. 마치 사랑에 빠진 여자애 같은 미소다.

만약 내가 [유혹의 권능]에 당한 적이 없었더라면, 그리고 상대가 이제까지 날 공격한 악마 여왕이란 걸 몰랐다면 이걸 본 내 쪽도 사랑에 빠졌을지도 모르는 미소였다.

아니, 그렇지는 않나.

나는 뒤늦게 비토리야나를 상대하면서도 그쪽의 욕망이 자극되지 않는다는 것을 깨달았다. 이걸 뭐라고 하지? 연애욕이라고 해야 되나, 뭐라 그래야 되나.

그러니까 안젤라를 앞에 뒀을 때와 마찬가지였다. 아름답다는 것도 알고 예쁘다는 것도 알며 귀엽다는 것도 알지만, 그 이상의 감정은 발현되지 않는다. 사람을 유혹하는 전문가인 악마 여왕을 앞에 두고도 그게 전부였다.

차라리 잘된 일이다. 악마 여왕쯤 되면 굳이 권능급 스킬을 사용하지 않아도 사람을 유혹하는 거야 가능할 텐데, 나는 그 유혹에서 어느 정도 자유로울 수 있을 테니까.

물론 [유혹의 권능]에 걸리면 그딴 거 없다. 경험해 봤으니까 안다. 이번엔 걸리지 말아야지. 나는 굳게 다짐하며 비토리야나와의 대면에 임했다.

"조금 놀랐어요. 이렇게 쉽게 저와의 대화에 응해주실 거라고는 생각하지 못했으니까요."

이미 한 번 대항해 봤지만 전력 차가 너무 나서 큰 소용이 없었으니까.

하지만 그것도 이미 존재하지 않는 미래의 일이 됐다. 아니, 지금 시점에서는 이미 미래가 아니라 또 다른 현재라고 해야 하려나. 평행 차원? 거기까지 갈 건 또 아닌가. 너무 복잡하게 생각할 필요는 없지. 그냥 스킬 효과였다.

"저항해 봐야 별 의미가 없다는 걸 알고 있으니까."

아무튼 나는 그녀 입장에서는 적절하게 들릴 법한 변명을 해주었다.

"방금 전까지는 안 그러셨잖아요."

"방금 전까지는 악마 여왕이 직접 행차하시진 않았으니까."

"그렇군요. 호호호."

거참 소녀처럼 웃네. 하지만 나쁠 건 없으니 마주 웃어주자. 하하하.

"뭔가 할 이야기가 있어서 직접 행차하신 것 같은데."

"네, 맞아요."

비토리야나는 웃음기가 남은 얼굴로 고개를 끄덕여 내 말을 긍정했다. 그리고는 웃음기를 걷은 표정으로 아까보다는 진지하게 이렇게 말했다.

"먼저 사죄 말씀을 드려야 할 것 같군요. 저는 이진혁 님을 시험했습니다."

"시험?"

무슨 시험인지 알면서도 나는 무슨 말인지 도저히 모르겠다는 듯 되물었다. 중요한 건 뻔뻔함이다. 나도 잘 알고 있다.

"이진혁 님께서 어떤 능력을 가지고 계신지 확인해야 했거든요. 그래서……."

"그래서 악마 군주들을 내게 던져주고 잡게 한 거로군."

조금쯤은 눈치 빠른 척해도 되겠지. 나는 악마 여왕의 말을 끊고 이렇게 대꾸해주었다.

"표현은 좀 그렇습니다만, 맞아요."

내 조금 비틀린 표현에도 비토리야나는 별로 불쾌한 기색 없이 고개를 끄덕였다. 꽤 자주 고개를 끄덕이는군. 나도 이끌려서 고개를 끄덕일 뻔했다.

아, 이걸 노리고 이러는 건가. 대화를 함으로써 내 끄덕임을 세 번 받아내는 게 비토리야나 입장에서 게임의 룰이니까.

"저는 이진혁 님이 고유 특성으로 '한계돌파'를 갖고 계신 것이 아닌가, 생각했습니다."

여기서 끊어두지 않으면 그 긴 이야기를 다시 또 들어야 하겠지. 비토리야나도 충분히 방심한 것 같았다. 더 시간을 끌이유도 없었다. 그리고 조건도 만족했고.

그래, 조건.

"너는 세 번, 고개를 끄덕였지."

[유혹의 권능]을 발현하기 위한 조건을 말이다.

놀란 토끼 눈을 뜬 비토리야나를 향해, 나는 나의 권능을 사용했다.

[반환의 권능]+10

—등급: 권능(Power)

—숙련도: 초월 랭크

—효과: 스킬 공격에 대한 피해를 무효화하거나 비축해 둘 수 있다. 비축한 스킬 공격 효과는 원하는 때에 반환할 수 있다.

[선험]으로 미래를 미리 경험했을 때, 나는 비토리야나가 내게 건 [유혹의 권능]을 무효화시키지 않고 그냥 맞았다. 그랬기에 [유혹의 권능]을 비축해 둘 수 있었던 거고, 그걸 지금 비토리야나에게 반환했다.

[유혹의 권능] 스킬의 힘이 비토리야나를 향했고, 그녀는 미처 피할 생각도 못 한 채 정면으로 스킬을 맞았다.

"읏, 으윽……!"

비토리야나는 그 자리에서 비틀거렸다. 고통스러운 듯 미간을 찌푸린 그녀는 나를 노려보았다.

"네놈! 나에게 무슨 짓을……!!"

무시무시한 살기였다. 그러나 그 살기도 곧 걷혔다.

비토리야나의 주변을 휘감은 분위기가 핑크빛으로 바뀌었다.

"죄, 죄송해요. 제가 서방님께 무슨 말을……."

바뀌어도 너무 확 바뀌었다.

"…서방?"

"네! 서방님!"

비토리야나는 활짝 웃으며 말했다. 너무나도 밝고 순수한 웃음이었다.

"서방님은 이제부터 제 서방님이세요! 설령 서방님께서 싫다고 하셔도 말이죠!!"

으음, 과연 이게 스킬이 걸린 걸까? 아니면 걸린 척하는 걸까? 그건 이제부터 알아보면 된다. 나는 [현묘한 간파]를 비토리야나에게 쏴줬다.

"앗, 아아……! 서방님의 시선이 너무 뜨거워요!"

화를 내지는 않을 거라 생각했지만, 이 반응도 좀 버거웠다. 아무튼 나는 [현묘한 간파]를 통해 비토리야나에게 [유혹의 권능]이 잘 걸려 있다는 사실을 확인할 수 있었다.

"…무슨 일이 일어난 거죠?"

뒤에서 루시피엘라의 조금 얼빠진 것처럼 들리는 목소리가 들렸다. 그 질문에 대한 대답은 내가 할 필요는 없었다.

"그건 말이지, 더러운 타천사야. 서방님께서 조금 전에 내게 [유혹의 권능]을 걸어주셨단다. 그러니 나는 서방님의 것, 서방님의 소유물이 된 셈이지. 알아들었으면 지금 당장 서방님에게서 떨어져 주지 않을래? 더러운 타천사야?"

왜냐하면 [유혹의 권능]에 걸린 본인인 비토리야나가 직접 설명해 주었기 때문이다.

"무슨 말인지 하나도 모르겠는데요……."

기세에서 밀린 루시피엘라는 힘없는 목소리로 그렇게 말하며 내게서 한 걸음쯤 떨어져 줬다. 그러자 비토리야나는 루시피엘라를 더 이상 노려보지 않고, 뭐에 취하기라도 한 듯 이렇게 독백했다.

"아아, 유혹에 굴복한다고 하는 건 이렇게도 행복한 것이었군요. 제가 그 권능의 주인임에도 이걸 몰랐다니! 가치관이 바뀌어 버리는 느낌이에요!!"

내가 이렇게 되어버릴 뻔했다니 소름이 돋는다. 그 정도로 비토리야나는 돌변해 있었다.

"자아, 서방님! 절 마음대로 하셔도 돼요! 절 마음껏 다뤄주세요!!"

"오, 그래?"

듣던 중 반가운 말이다. 마침 나도 비토리야나에게 바라는 것이 있었다.

"그럼……."

내가 말을 꺼내기도 전에, 비토리야나는 인벤토리에서 푹신해 보이는 침대와 따뜻해 보이는 요를 꺼냈다. 그리고 초를 두 개 꺼내 공을 들여 불을 켜고, 수상해 보이는 향로를 꺼내 불을 붙였다. 핑크빛 안개가 향로에서 은은하게 뿜어져 나오고,

그 속에서 촛불이 몽롱하게 빛났다.

비토리야나는 옷매무새를 한차례 다듬고는, 향유 한 병을 꺼내 자신의 손과 발에 꼼꼼히 발랐다. 그리고 침대 위에 올라가 앉고는 하트 모양의 베개를 꺼내 머리맡에 놓았다. 베개에는 YES라는 의미의 단어가 수줍게 수놓아져 있었다.

"네! 준비 끝내놨어요! 언제든지 가능해요!!"

무슨 준비를 한 거냐. 아니, 무슨 준비인 건지 너무 명확해서 그게 더 문제였다.

"아, 다른 사람 눈이 신경 쓰이시나요? 후후, 귀여우셔라. 침대 주변에 커튼이라도 칠까요?"

어이가 없어서 그냥 보고만 있으려니, 비토리야나는 고혹적으로 웃으며 그런 소릴 했다. 나는 긴 한숨으로 대답을 대신했다.

"그거 말고."

"앗, 혹시 손잡는 것부터 시작하는 타입? 왜, 왠지 그게 더 부끄러운 것 같은데. 꺄악!"

몸을 배배 꼬아대는 비토리야나에게 무슨 말을 먼저 해줘야 할지 모르겠다. 그녀가 귀엽고 앙증맞은 거야 머리로는 알겠는데, 연애 감정은 불구하고 단순한 성욕조차 피어오르지 않는다. 게다가 악마잖아. 악마를 상대로 어떻게 발정을 하냐.

아무튼.

[유혹의 권능]을 카운터 친 것까진 좋은데 이게 상대를 마음대로 부려먹는 느낌의 권능은 아닌 듯했다. 이걸 어떻게 써먹는다? 나는 고민에 빠져들었다.

"헉! 서, 설마⋯⋯."

내 길어진 침묵에, 비토리야나는 뭔가 큰 충격이라도 받은 듯 눈을 휘둥그레 떴다.

"에이, 설마⋯⋯. 그럴 리가. 서방님께서 저한테 매력을 못 느낀다거나 그런 일이 있을 리가 없잖아요. 그렇죠?"

우연히 정답을 맞혔지만, 스스로 맞힌 정답을 인정하지 않는 모습이다.

"그게 맞아."

현실을 부정하는 비토리야나에게 나는 가차 없이 고개를⋯ 고개를 끄덕이면 안 되지. 아무튼 진실을 선고했다. 그러자 비토리야나는 벼락이라도 맞은 듯 그 자리에 굳어버렸다.

"마, 말도 안 돼요. 그럴 리가⋯⋯. 아, 혹시 이 커다란 가슴이 마음에 안 드시는 건가요? 어린아이 취향?"

"아니야!"

위험한 소릴! 나는 즉시 부정했다.

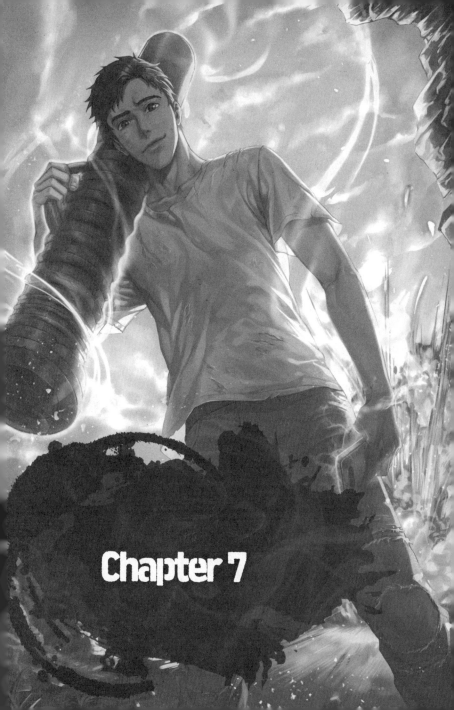

Chapter 7

"맞춰 드릴 수 있어요! 이진혁 님께서 어떤 취향의 소유주이시든! 원하시는 걸 말씀해 보세요!!"

아무래도 비토리야나는 자신의 모습을 자기 마음대로 바꿀 수 있는 모양이었다. 대단한 능력인데? 내 입장에서는 그 소리를 듣고 비토리야나가 인간 같지 않아서 더 안 끌리게 됐지만 말이다. 뭐, 원래부터가 인간이 아니라 악마지. 내가 헛생각을 했군.

그렇다고 이쪽의 이런 솔직한 속내를 드러내어 보이는 건 별로 좋은 생각 같지는 않았다. 정면으로 싸우게 되면 죽어나가는 건 이쪽이다.

나뿐만이 아니고 루시퍼엘라와 아직 살아남은 크루세이더들, 그리고 어쩌면 안젤라와 키르드를 비롯한 우리 일행들까지. 내가 책임져야 할 사람이 좀 많았다.

"우리는 서로를 죽이려 한 사이다. 그리고 너와 나의 사이는 그저 내가 네게 [유혹의 권능]을 걸었을 뿐인 사이지. 그런데……."

나는 굳이 말을 끝내지 않았다. 비토리야나는 이미 내가 말하려 하는 바를 눈치챈 것 같았기 때문이었다. 그녀의 얼굴은 파랗게 질려 있었다.

"죄, 죄송해요. 저는 그저……. 서방님의 능력을 알고 싶었을 뿐인데!"

"그 말은 이미 들었어."

세 번 들었다. 지금의 비토리야나는 두 번째 말하는 것이긴 하지만 말이다.

"그래, 이제 넌 내 능력에 대해 어느 정도 짐작은 했을 거다. 그리고 확신을 얻은 후 날 이용해 먹으려고 했지."

나는 목소리의 톤을 떨어뜨렸다.

"여기에서 내가 널 좋아하게 될 요소 같은 게 있었나?"

"……."

비토리야나는 새파랗게 질린 채 날 바라보며 입을 뻐끔거리다, 이윽고 고개를 떨어뜨리고 말았다. 반응이 이게 뭐야? 마치 내가 못 할 말을 한 거 같잖아.

"…그럼 제가 뭘 어떻게 해야 하나요?"

입 다물고 기다리고 있으려니, 비토리야나 쪽이 더 못 참겠다는 듯 그렇게 입을 열고 말았다.

"글쎄. 잘 모르겠군. 난 그저 살아남으려고 네게 [유혹의 권능]을 건 게 전부라서."

생각은 네가 해야겠지? 그런 요지의 발언이다.

"그, 그럼……."

나는 비토리야나의 이어질 말을 더 기다릴 수 없었다.

악마 여왕을 유혹함으로써 내 모든 위기가 끝난 거라고 생각한 게 오산이었다. 직감이 위험 신호를 보내고 있었다. 그것도 아주 강렬하게.

악마 함대가 움직이고 있었다. 악마 여왕은 여기에 있음에도 불구하고.

*　　　*　　　*

나쁜 예감은 빗나가질 않는다. 특히 내 직감은 더 그렇다.

이쪽을 향해 오는 모든 악마 전함의 함포가 내 쪽을, 정확히는 비토리야나 쪽을 조준하고 있었다.

"비토리야나 에르제베트! 이 엉덩이 가벼운 창녀 같으니라고! 네게 우리를 대표할 자격 같은 건 없다! 거기서 죽어라!!"

포탄보다 먼저 날아온 건 누군가의 목소리였다. 비토리야나의 부하라는 건 하는 말만 들어도 알겠다. 아니, 이젠 옛 부하였다고 해야 하려나. 그놈이 쿠데타를 벌이기라도 한 모양이다.

"배신인가."

"서방님께 보기 추한 꼴을 보여드리게 되네요. 부끄러워요."

비토리야나는 살기 어린 눈동자를 함대 쪽으로 돌리며 혀를 찼다.

"겨우 후작인 주제에 감히 이 악마 여왕 비토리야나 에르제베트를 향해 이빨을 드러내다니, 각오가 대단하구나! 그러나 그 각오는 네 영혼과 함께 내 위장 속에 처박히게 될 거다!"

나와 대화하던 때와는 달리·독기에 가득 찬 비토리야나의 말은 굉장히 날카롭고 독했다. 사용한 어휘도 어휘지만, 그 목소리에 담긴 위압감과 비토리야나의 몸에서 피어오르는 살기가 대단히 예리해 누구라도 쉬이 그 말을 웃어넘기지 못할 듯 보였다.

그러나 내 예상과 달리, 비토리야나에게서 후작이라 불린 반란군 악마 군주는 그녀의 말에 코웃음을 쳤다.

"어리석구나, 비토리야나! 네 말대로, 고작 후작 주제에 어찌 혼자 네게 이빨을 드러내겠는가? 좀 더 생각이란 걸 하는 게 어떠냐!!"

"뭣?!"

"그분께서 내게 힘을 주셨다…… 언젠가 이런 일이 일어날 것을 아시고……. 이 내게! 이 악마 대공 오로블주에게!"

자기 멋대로 자기 작위를 높여 일컬어도 되는 건가? 싶었지만, 나는 그런 반론을 꺼내려다 말았다. 왜냐하면 악마 함대 쪽에서 거대한 마기의 폭풍이 일었기 때문이다.

같은 후작이었던 아르크와는 비견조차 되지 않는 압력. 괜히 스스로 대공이라 일컫는 게 아니다 싶은 생각이 들고 말았다.

비토리야나도 나와 크게 감상이 다르지 않은지, 이를 득득 갈며 소리 질렀다.

"…브뤼스만! 그 인면독사가!!"

비토리야나의 입에서 어디서 많이 들어본 인물의 이름이 나왔지만, 그걸 지금 당장 따져서는 안 된다.

"그분의 이름을 망령되이 일컫지 마라! 각 전함, 주포 발사!! 저 여자를 증발시켜 버려!!"

왜냐하면 비토리야나의 말을 들은 오로블주란 놈이 먼저 발작하듯 반응했기 때문이다. 놈은 이미 함대의 장악에 성공했는지, 악마 함대의 각 전함은 놈의 말에 따라 그동안 조준해 놨던 주포를 발사했다.

"같잖은!"

비토리야나는 그렇게 씹어뱉고는 마기의 폭풍을 일으켜 모든 포탄을 막아버렸다. 그리고는 아예 함대 쪽에 등을 돌리곤, 내게 공손히 고개를 숙이며 인사했다.

"죄송합니다, 서방님. 잠시만 기다려 주세요. 잠깐 할 일이 생겨서요."

아주 여유만만하군. 하긴 상대가 대공으로 파워 업 했다 한들, 비토리야나는 여왕이다. 쉽게 밀리지는 않겠지.

그러므로 나는 싱긋 웃으며 이렇게 대답할 수 있었다.

"싫은걸."

나도 경험치 챙겨 먹어야지.

이기는 편에 서서 말이야!!

*   *   *

방금 전까지 후작이었던 악마 군주 오로블주가 대공급에 달하는 마기를 뿜어내는 것을 악마 함대의 모든 악마들이 목격했다.

그러나 악마들이 그것만으로 여왕에 대한 지지를 철회하고 오로블주의 지휘를 따르기로 한 것은 아니었다. 대공급이라 해봐야 여왕보다는 약하니까.

여기까지 살아남은 악마들은 약육강식의 무한 경쟁을 뚫고 올라와 비로소 질서를 손에 넣은 자들이므로, 오히려 그렇기에 더욱 강자지존 약자멸시에 민감했다.

그럼에도 불구하고 악마들이 오로블주를 따르기로 한 건 따로 이유가 있었다.

"시엘 백작, 라앙 백작. 그대들은 방금 전에 한 차례의 사망을 경험했지. 그것도 여왕의 부조리한 명령에 의해서."

여왕의 명령에 의해 아르크 후작과 함께 이진혁과 크루세이더를 상대하러 나섰다가 격퇴당한 두 악마 백작. 그들이 바로 시엘 백작과 라앙 백작이었다.

원래대로라면 그들이 죽은 후 부활하는 건 그들이 소유한 영지여야 했으나, 지금은 악마 전함이 본거지를 대신하기에 여기서 곧장 부활할 수 있었다. 이것이 악마 세력에게 있어 전함이 중요한 이유 중 또 다른 하나였다.

아직 자신의 진면목을 드러내지 않았던 시점에 오로블주 후작이 두 백작을 은밀히 불러낸 것은 회유를 위해서였다.

"그렇습니다. 오로블주 후작."

"그렇다고 한들, 저희가 여왕에 대한 충성을 버릴 것이라고 생각하시면 오산입니다."

시엘 백작은 담담히 현실을 받아들이고 있고, 라앙 백작은 여왕을 따를 것을 분명히 했었다. 그러나 두 백작이 말을 갈아타게 된 계기는 다음과 같았다.

"내가 자네들을 후작위에 올릴 수 있다고 해도 말인가?"

"…작위만으로는, 부족합니다."

라앙 백작은 입을 다물어 버렸으나, 시엘 백작은 더듬더듬 말했다.

"그야 그렇겠지. 우리가 누군가? 악마 아닌가? 작위를 유지

하려면 힘이 있어야지. 그런 의미에서……. 누가 먼저 받겠는 가?"

오로블주 후작은 주먹을 내밀고는, 접은 손을 슥 펴서 손 위에 있는 것을 두 백작에게 보여주었다.

"그, 그것은……!"

몸을 앞으로 내밀면서까지 오로블주 후작의 손 위에 있는 검정색의 환약을 뚫어져라 본 것은 라앙 백작 쪽이었다. 그런 백작들의 반응을 보며 오로블주 후작은 한 번 훗 웃곤 이렇게 말했다.

"당연히 내가 먼저 받아야지."

그러고선 아무런 거리낌 없이 먼저 환약을 삼켜 버렸다.

그러자 오로블주 후작의 마기가 후작이라고는 믿기지 않을 정도로 증폭되었다. 비록 그 마기를 갈무리해 전함의 함교 바깥으로는 새어나가지 않도록 잘 감췄지만, 눈앞의 두 백작이 오로블주의 변모를 못 알아보지는 않았다.

"다음은? 누가 받겠는가?"

두 백작은 누가 먼저랄 것 없이 이제는 후작이라 부를 수 없는 오로블주의 앞에 무릎을 꿇었다. 그리고 함대의 그 어떤 악마들보다 가장 먼저 오로블주 대공의 신하가 되었다. 이제 는 후작이 되어서 말이다.

그리고 그들이 완전히 모습을 드러냈을 때, 악마들은 빠르 게 눈치챘다. 오로블주를 섬기면 더 강해질 수 있다는 것을.

물론 힘에 대한 유혹만으로 함대급의 세력을 휘어잡을 수는 없다.

악마들은 자신들의 군주인 악마 여왕 비토리아나 에르제베트가 휘하의 악마 군주들을 사료 던지듯 이진혁에게 던져주었다는 걸 안다.

그것까지는 참을 수 있다. 자기 일이 아니니까.

하지만 여왕은 지금 그 이진혁 앞에 나가 설설 기며 아양을 부리고 꼬리를 흔들고 있다. 그 모습을 보며, 자신들 또한 언제든 이진혁에게 사료로 던져질 수 있다는 사실을 악마들은 직감했다.

"이제 끝났어! 여왕님께서 우릴 저 인간에게 먹잇감으로 던져 버릴 거야!!"

"우리가 이런 취급을 당해도 될 존재인가? 아니! 우리는 먹는 자이지, 먹히는 자가 아니야!"

"악마에게 충성이라는 미덕이 어울리는가? 그렇지 않다!"

"오로블주 후작, 아니지. 대공을 따르라!!"

물론 분위기를 주도하기 위해 오로블주가 미리 각 전함에 잠입시켜 놓은 끄나풀이 역할을 제대로 수행한 덕도 보았다.

이 모든 요소가 여왕이 부재한 짧은 시간 동안 이상적으로 시너지효과를 발휘해, 큰 어려움 없이 오로블주의 쿠데타는 이뤄져 그는 악마 함대를 집어삼킬 수 있었다.

"시엘 후작, 라앙 후작. 여왕에게 원한이 있겠지? 너희가 선봉으로 나아가서 여왕을 쳐라. 여왕을 죽임으로써 구네타는 완성될 것이다."

오로블주는 여왕에게 선전포고를 한 후, 자신이 후작으로 만든 두 악마 군주를 상대로 명령을 내렸다.

"예, 대공!"

"말씀 받잡아 따르겠습니다."

말만 들으면 가문 대대로 충성을 바쳐온 충직한 장군들 같았다. 그러나 그들의 속내를 간파한 오로블주는 웃음을 흘리며 첨언했다.

"나는 여왕과 다르다. 충분한 지원을 해주지. 백작 중에 원하는 자가 있으면 말하라. 휘하로 삼아 전선으로 데려가도 좋다."

불과 몇 분 전만 해도 같은 급의 경쟁자였던 악마 군주를 휘하로 부릴 수 있다는 말은 두 후작의 가슴을 들끓게 했다. 이것이 약육강식의 마계, 강자지존의 법도였다.

"충성을 다하겠습니다!"

그리고 그제야 오로블주는 두 후작에게서 진정 어린 충성 서약을 받아낼 수 있었다.

"그래, 그래야지."

오로블주는 만족스럽게 웃었다.

*   *   *

그렇게 해서 시엘 후작과 라앙 후작은 자신들의 경쟁자이자 동급의 군주였던 악마 백작들을 거느리고 전선에 나섰다.

"여왕이라고·해봐야 전투력이 강한 것은 아니다! [유혹의 권능]으로 여왕 자리를 꿰어찬 창녀에 불과해! 쫄 것 없어!!"

시엘 후작이 고래고래 소리를 질러 사기를 북돋고 있었다.

악마 백작들도 경쟁자였던 그들의 지휘를 받는 건 아니꼬웠지만, 이 전투에서 공을 세우면 시엘이나 라앙처럼 후작이 될 수 있다는 꿈에 부풀어 잠자코 명령에 따르고 있었다.

더군다나 백작들도 시엘 후작과 같은 생각이었다. 그들 또한 여왕은 별로 강하지 않을 거라는 착각에 사로잡혀 있었다.

비토리아나 에르제베트가 그 아름다움을 가꾸는 것은 인류종을 유혹하기 위함이지만, 악마종도 그녀를 보면 시선을 빼앗겼다. 그녀의 아름다움에는 근원적 욕망을 자극하는 면모가 있었다. 자신의 아름다움을 자산으로 비토리아나는 악마 세력을 규합하고 여왕의 자리에까지 올랐다.

저렇게 예쁜데 설마 강하기까지 하겠어? 그러니까 약할 것이다! …라는 논리적으로 앞뒤가 맞지 않는 믿음이 그들을 지배했다.

그런 그들의 근거 없는 상상은 현실 앞에서 무너져 내렸다.

"설마 내가 진짜로 약할 거라고 생각했어? 아하하하핫!!"

두 후작이 데려온 여섯 명의 악마 백작이 순식간에 찢겨 버렸다.

"끄, 끄아아아아악!"

"우오아아아아아!!"

말 그대로의 의미로, 악마의 강인한 육신이 반으로 찢어져 버렸다. 여왕이 그 거대한 머리를 붙잡고 대나무라도 쪼개듯 쉽게 갈라 버렸다.

악마 여왕은 잔혹하게 웃었다. 세간에 알려진 이미지를 여왕은 굳이 수정하려 들지 않았던 이유가 밝혀진 셈이다. 실력 있는 매는 발톱을 숨긴다. 상대의 방심을 불러일으킬 수 있는 이미지는 그녀가 지닌 또 하나의 무기였다.

물론 악마 백작씩이나 되는데 한 번쯤 반으로 찢겨졌다고 바로 죽지는 않는다.

"마음껏 성장하세요, 서방님!!"

그러나 여왕은 그들을 일부러 마무리하지 않은 것뿐이었다. 이진혁에게 마무리를 맡기기 위해 죽기 직전의 상태로 살려둔 것에 불과했다.

"이건 조금 마음에 드는군."

그리고 이진혁은 [진리의 검]과 [바즈라다라의 바즈라]를 휘둘러 빈사 상태에 놓인 백작들을 차례차례 토막 내고 있었다.

상대는 그저 식료품에 불과한 인류종일 텐데, 그 수법은 잔혹하기 그지없어서 반으로 찢어진 백작들은 스스로를 정육점에 넘겨진 고깃덩이로 여겨야 했다.

"이건 무의미한 짓거리야! 난 아직 죽고 싶지 않아! 도망가 겠어!!"

후위에 있어 아직 살해당하지 않은 두 백작이 공포에 질린 비명을 빽 지르곤 도망치려고 했다. 그러나 그 도주야말로 무의미했다.

"어딜."

"도망 가?"

시엘 후작과 라앙 후작이 각자 하나씩 붙잡았다.

"컥! 후, 후작님!"

"사, 살려주십시오!"

그런 백작들의 애원이야말로 아무 의미가 없었다. 두 후작은 오히려 그들을 자기 앞에 내밀어 인간 방패, 아니, 악마 방패로 쓰려 했다.

"하! 그딴 짓거리가 내 앞에서 통용될 거라 생각했느냐! 어리석구나, 시엘 후작! 라앙 후작!!"

순식간에 악마 방패들이 토막 났다.

"끼아아아악!"

악마 방패들의 비명 소리가 처참히 울려 퍼졌다. 아랑곳 않고 악마 여왕이 쇄도해 왔다. 그녀의 날카로운 손톱이 후작들을 지금이라도 할퀼 것 같았다.

"큭, 대공이시여! 전력이 부족합니다!! 지원을!!"

라앙 후작이 뒤를 돌아보며 피맺힌 지원 요청을 내질렀다.

그러나 그들의 뒤에는 아무도 없었다. 두 우삭이 백작들을 데리고 시간을 끌고 있는 동안, 대공은 악마 함대를 이끌고 크게 돌아 크루세이더들에게 포격을 퍼붓고 있었다.

두 후작은 처음부터 버림 패였던 셈이다.

"서방님, 이것들도 곧 드시기 좋게 요리해 드릴게요. 호호호!"

그리고 악마 여왕 비토리아나 에르제베트는 신나게 웃으며 후작들에게 다가오고 있었다. 그 얼굴에 배신한 악마 군주들에 대한 분노 따위는 엿보이지 않았다.

정말로 요리 재료를 바라보는 것 같은 여왕의 표정에, 두 후작은 말문이 막혔다.

*　　　*　　　*

라앙 후작과 시엘 후작은 곧 여왕에 의해 살해당할 것이다. 그건 꽤 고통스럽고 공포스러운 경험일 터이나, 치명적인 일이라고는 생각하지 않고 있으리라. 왜냐하면 그들은 악마니까. 약간 약해진 채로 다시 부활할 수 있을 거라 믿고 있을 것이다.

그러나 오로블주 대공만큼은 알고 있었다.

그들은 부활하지 못한다.

그들이 오로블주로부터 받아먹은 환약은 단순한 마기 부스터가 아니었다. 그것은 악마의 종족 특성인 부활을 희생하는 대신 단번에 큰 마기를 얻는 아이템이었다. 그러니 후작들이 부활해 와 따질 경우를 생각할 필요는 없었다. 어차피 그들은 그 자리에서 죽을 테니까.

더욱이 오로블주가 먹은 환약도 같은 것이었다. 그 또한 여기서 죽으면 영원히 소멸한다. 두 후작도 동지가 없어 억울하지는 않을 것이다.

진상을 알면서도 제정신으로 먹을 아이템은 아니었으나 오로블주는 제정신이 아니었다. 브뤼스만의 [지배의 권능]에 당한 그에게 가장 높은 우선순위인 행동은 충성을 바쳐 열심을 다해 그의 주인이 내린 명령에 따르는 것이었으므로.

―무슨 일이 있어도 크루세이더 12군단을 재기 불능 상태로 만들어라.

그것이 오로블주가 자신의 주인으로부터 들은 명령이었다. 여왕 비토리아냐가 이진혁에 대한 적대행위를 멈추자마자 그가 행동을 개시한 건 결코 우연이 아니었다.

"자네들의 희생에 경의를 표하지."

나지막하니 그렇게 중얼거린 오로블주는 함대의 모든 화력을 크루세이더 포격에 쏟았다.

＊　　　　＊　　　　＊

"이런!"

나는 뒤를 돌아보았다.

크루세이더들이 포격에 맞아 죽어가고 있었다. 다른 사람은 몰라도 야코프는 죽으면 안 되는데! 하는 내가 봐도 속물적인 생각이 날 사로잡았다.

비토리아나를 방심시키기 위해 [진리의 검]을 한 번 인벤토리에 넣어 [낙원의 수호자]도 꺼진 상태였다. 어차피 거리가 있어서 저절로 풀렸을 테지만. 다시 걸어주려고 해도 거리를 좁힐 필요가 있었다.

나는 급한 대로 [천자총통]을 꺼내 [대파괴 오케스트라]를 사용했다. 사거리가 더 긴 포격을 피하기 위해 악마 함대가 후퇴하는 모습을 한 번 보았기에 같은 반응을 끌어내기 위해 한 판단이었다.

그러나 상황이 내 생각대로 돌아가지는 않았다. 악마 함대는 내 포격에 맞는 걸 감수하면서 오히려 더욱 크루세이더를 향해 접근해 포격의 파괴력을 극대화시키고 있었다.

"안 돼! 내 전함이!!"

비명을 지른 건 오히려 비토리아나 쪽이었다. 그런가, 함대를 아끼는 건 이 여왕 쪽이었던가. 오로블주는 여왕에게서 탈취한 전함을 아낄 마음이 별로 없는 모양이었다.

"서방님! 제가 전함 쪽을 맡겠습니다!!"

비토리야나는 서둘러 몸을 돌렸다. 그녀가 상대하던 두 악마 후작은 명백히 안도의 한숨을 내쉬고 있었다. 나로서는 자존심 상하는 반응이었다. 나는 함대를 포격하던 천자총통의 포구를 두 후작 쪽으로 돌리며 말했다.

"네놈들, 나한테 한 번 졌잖아. 그런데 왜 안도하지?"

그러자 두 후작, 시엘과 라앙은 픽 웃으며 대꾸했다.

"그땐 널 죽이지 않으려고 하다가 당했을 뿐이다. 사정 봐줄 것 없는 이제는 다르지."

"네겐 이제 [군단의 검]도 없고, 우리는 더 강해졌는데 너야말로 무슨 자신감이냐?"

오호라, 둘 다 뭐라도 믿는 구석은 있는 모양이로군. 하지만 그 믿는 구석은 곧 무너져 내릴 것이다. 왜냐하면……

"[징벌의 권능]!"

쫘르릉!

"끄, 어, 억!!"

후작 시엘이 스킬 단 한 방에 죽어나갔다. 후작 라앙의 동공이 커지는 게 여기서도 보였다. 나는 그런 라앙을 비웃으며 말했다.

"너희 아르크가 어떻게 죽어나갔는지 모르지?"

악마 군주가 자기 부하를 방패 삼아 희생시켰다가 [징벌의 권능]의 트리거를 당긴 건 이전에도 있었던 일이다. 뤼펠이 그랬다. 시엘과 라앙도 마찬가지다. 도빙지러넌 백삭을 방패막이로 삼았다. 내 앞에서 죄를 저질렀으니 [징벌의 권능]에 의해 죗값을 치르는 건 당연한 수순이다.

물론 악마 후작 정도 되면 권능 단 한 발로 쉽게 잡을 수는 없다. 하지만 비토리야나가 사전에 그들의 전력을 많이 깎아놔서 일이 쉽게 처리됐다.

[징벌의 권능]은 이상하리만치 재사용 대기 시간이 짧다. 라앙은 시한부 인생이나 다름없었다.

"남길 말은?"

나는 변덕을 부려 물었다. 대답이 돌아왔다.

"…다시 돌아와 네 영혼을 반드시 이 입으로 씹어 먹고 말겠다!"

나는 코웃음 쳤다. 한 번 [징벌의 권능]의 발동 조건을 만족한 대상은 부활해 와도 다시 권능을 꽂아줄 수 있다. 더욱이 악마가 부활할 때마다 그 전력이 크게 깎인다는 건 이미 뤼펠의 예로 학습한 바였다.

"고대하며 기다리고 있겠다."

이건 정말이다. 다시 오면 또 잡아서 경험치를 얻을 수 있을 테니까.

내 대꾸를 들은 라앙은 죽음을 각오한 건지 눈을 꾹 감았다.

그런 라앙을 향해 나는 권능을 사용했다.

꽈르릉!

*   *   *

자신의 것을 되찾기 위해 쇄도해 오는 여왕을 무시하고, 오로블주는 크루세이더만을 향해 집요하게 포격을 가했다. 그렇다고 그가 완전히 손을 놓고 있는 것만은 아니었다.

"전선에 나갔다 부활한 백작들은 기함 함교로 찾아오도록."

후작 시엘과 후작 라앙을 따라 전선에 나섰던 백작들을 오로블주 대공이 전부 기함으로 불러들였다. 그리고 두 후작에게 주었던 검은색 환단을 백작들에게도 수여했다. 전공을 세웠다는 명목으로. 앉은 자리에서 여덟 명의 후작이 생긴 셈이다.

"자, 이제 너희는 강해졌다! 가라! 가서 여왕을 막아라!!"

"예, 대공 전하!"

용기백배한 백작들, 아니, 이제 후작들은 이미 한 번 여왕에게 찢어져 죽었음에도 다시 전의를 불태우며 여왕을 상대하러 나섰다. 함대의 모든 관심이 그들에게 쏠렸기에, 라앙과 시엘 두 후작이 부활하지 못했다는 건 큰 이슈가 되지 않았다.

"자원자를 받겠다. 전선에 나가서 공을 세워라. 그러면 포상을 얻으리니."

거기에 오로블주는 기름까지 부었다. 야망이 불타오를 만한 말이었고, 실제로 불타올랐디.

악마가 죽음으로써 받는 페널티는 약해진다는 것 하나뿐인데, 나가서 죽으면 더 강해질 수 있단다. 그 어떤 악마도 이 유혹에는 버티지 못했다. 심지어 각 전함의 함장들마저 자원할 정도였다.

그들은 후작의 작위를 가지고 있음에도 불구하고, 그러니까 한때 오로블주와 같은 작위였음에도 불구하고 말이다.

"좋다. 허락한다. 각 전함의 제어권은 내게 돌려라."

전함의 함장이 각기 지닌 제어권 자체가 하나의 권력인지라 원래대로라면 절대 포기하지 않을 터였지만 상황이 달라졌다. 오히려 제어권을 놓지 않으면 다른 함장과의 경쟁에서 도태될 위기감마저 느꼈다. 모든 함장들이 서로 앞다퉈 제어권을 내놓았다.

모든 것이 순조로웠다. 공을 세운 악마들에게 내놓을 환단이 남아 있지 않다는 점만 제외하면 말이다. 만약 악마들이 차후에라도 이 사실을 깨닫게 된다면 오로블주는 매우 곤란한 상황에 처하게 될 터였다.

그러나 오로블주는 이 자리에서 죽을 생각이었으므로 상관없었다.

"3번 함, 앞으로."

적당히 때가 무르익었다고 판단한 오로블주는 제어권을 이양받은 전함 중 한 척을 최전방으로 내밀었다.

"돌진."

그리고 그대로 크루세이더를 향해 3번 함을 돌진시켰다.

*   *   *

두 악마 후작을 처치한 후, 나는 곧바로 몸을 돌려 다른 적을 찾았다. 악마 함대 기함으로 가는 길목은 크고 작은 악마들이 막고 있었고, 비토리야나는 자신보다 열 배, 백 배까지도 큰 악마들을 사정없이 찢고 자르고 구기고 부숴놓고 있었다.

그 와중에도 비토리야나는 기특하게도 악마들의 숨을 붙여놓았기에, 나는 그녀의 뒤를 따르며 숨통만 끊는 걸로 경험치를 얻고 소모한 신성을 회복하면서 레벨 업을 할 수 있었다.

좋아, 순조롭다. 이대로만 가면…….

"아악! 안 돼!!"

그때였다. 비토리야나가 소리를 빽 질렀다.

왜 그러나 했더니 악마 전함 한 대가 지면을 향해 빠르게 돌진하고 있었다. 내 포격에 의해 피해를 입은 건 아닐 테니 추락하는 건 아니고. 설마…….

쾅! 쿠구구구구구……!

그리고 설마는 현실이 되었다. 전함 그 자체가 크루세이더들을 향해 돌진했고, 지면에 부딪혀 거대한 폭음과 함께 지진까지 일으켰다.

"헉!"

그 순간, 직감이 내게 날카로운 경고를 했다. 나는 재빨리 [에이스의 곡예비행]을 발동해 도망치고도 모자라, 신성 방어막을 활성화해 몸에 둘렀다.

필설로 형용할 수 없는 거대한 폭발이 일어났다. 마치 이 세계를 반으로 찢어놓을 것만 같은 폭발이었다. 그 폭발을 몸으로 직접 받은 게 아님에도 불구하고 신성 방어막으로 인해 신성이 기하급수적으로 깎여 나가는 게 눈으로 보였다.

"윽······!"

그러나 나는 그 격렬한 신성 소모를 아까워할 수가 없었다. 폭발의 여파만으로 지면뿐만 아니라 허공에 떠 있던 악마들의 절반이 그 자리에서 증발해 버릴 정도였으니까. 만약 내게 신성 방어막이 없었으면 나도 저 꼴이 되었겠지.

폭발의 여파가 그친 후에도 그 위력이 얼마나 대단했는지는 극명히 드러나 있었다. 땅이 갈라져 단층이 일어나 속살이 보이고, 그 사이에서 용암이 솟구치는 지옥도가 펼쳐지고 있었으니까 말이다.

"어······."

나는 멀거니 그 광경을 바라보았다. 폭발의 중심부에 있었던 크루세이더들이 단 한 명이라도 살아 있을 거라 상상조차 할 수 없을 만큼 참혹한 광경이었다. 설령 내가 저걸 미리 알았더라도 크루세이더를 살려놓는 건 불가능했으리라.

"크윽, 크루세이더가……!"

그 전까지는 비토리야나의 전함 포격에 의해 죽어나간 크루세이더들에 대해서는 별로 걱정을 안 했다. 왜냐하면 어차피 부활할 사람들이라는 생각 때문이었다.

크루세이더들의 강점은 서로를 회복시키고 죽었더라도 부활시킬 수 있다는 점이었다. 설령 지금 당장 부활시키지 못하더라도, 시간이 지나고 신성이 회복되면 나중에라도 부활이 가능하다. 숫자가 조금 줄어 있더라도 걱정을 덜 할 수 있던 이유가 바로 그것이었다.

하지만 저렇게 크루세이더 전원이 한 번에 다 증발해 버리면? 죽은 자는 누가 부활시켜 주지?

"젠장! 빌어먹을!"

[선험]을 써뒀어야 했어! 이런 일이 있을 줄 미리 알았더라면! 알았더라면… 뭐가 바뀌지? 전신에서 힘이 쭉 빠졌다. 무력감이 핑 돈다.

알고 있다. [선험]은 만능이 아니다. 내 능력으로 만들어 낼 수 있는 변수는 한계가 있고, 그 범위를 넘겨 버리면 아무리 [선험]을 쓴 상태로도 상황을 바꾸어놓을 수는 없다. 사용할 때마다 막대한 신성을 소모하니 무한히 시도할 수 있는 것도 아니고, 재사용 대기 시간도 있다.

아, 그랬지. [선험]은 어차피 쿨이었다. 애초부터 내가 할 수 있는 건 없었다. 아무것도…….

"[백년백련의 씨앗!]"

나는 내가 가진 부활 아이템의 존재를 떠올렸다. 그런데 내가 가진 [백년백련의 씨앗]은 하나뿐인데. 그건 키르드에게 써야…….

"키르드… 안젤라!"

정신을 차리자마자 나는 레벨 업 마스터를 꺼내 안젤라에게 전화를 걸었다. 저 정도의 폭발이다. 안젤라 정도로 약한 존재라면 흔적도 없이 녹아버렸어도 이상할 게 없었다.

—아, 선배! 다행이에요, 무사하셨군요!!

다행히 전화는 연결되었다. 용케 목숨을 부지한 모양이다.

—모두 무사해요. 이런 말 하긴 좀 그렇지만, 저희들 꽤 멀리 도망쳤거든요.

"…그래, 다행이네."

그래도 나는 기뻐할 수는 없었다. 키르드의 시체는 저 폭발에 완전히 증발해 이제는 [백년백련의 씨앗]으로도 되살릴 수 없는 상태가 되었으리라고 생각하면 도저히 밝은 표정을 지을 수가 없었다.

—아, 그리고 키르드가 주제넘게 끼어들었다고 죄송하다고 전해달래요.

하지만 이어진 안젤라의 말은 나를 잠시간 침묵시켰다.

"…응? 뭐? 키르드가 살아 있어?"

—네. 아아, 그러고 보니. 테스카가 부활시켰어요. 신화급

스킬로.

허, 어이가 없네.

"그걸 왜 나한테 말 안 했어?"

—말할 틈이 없었으니까요.

그러고 보니 그렇긴 하다.

"아니, 테스카가 부활 스킬 갖고 있는 거 말이야."

나는 괜히 무안해서 말을 돌렸다. 그러자 이런 대답이 돌아왔다.

—테스카 말로는 5성 요리와 교환할 거라고 아껴났다던데요.

"아, 그래……. 그런 거라면 어쩔 수 없지. 어쨌든 무사해서 다행이네."

—네. 선배도요.

"그럼 계속 숨어 있어. 아니, 더 멀리 도망가는 게 좋겠어."

나는 전화를 끊었다. 그리고 긴 한숨을 내쉬었다. 키르드와 안젤라 일행이 무사한 건 다행이지만, 상황은 조금도 나아지지 않았다.

크루세이더들……. 설령 내게 남은 [백년백련의 씨앗]이 있다 한들 크루세이더 중 단 한 명, 야코프 체렌코프조차도 부활시키는 건 무리라는 걸 받아들여야 했다. 그들의 시체는 완전히 증발했다. 부활의 여지조차 남지 않은 셈이다.

아니, 가능성이라면 있다. 크루세이더들이 [1UP 코인]이라도 남겨둬서 어디서 부활했을지도 모르잖아. 가능성은 희박하지만 아예 존재하지 않는 가능성인 건 또 아니니까.

그때였다.

―주인 잃은 권능이 새 주인을 찾습니다.

―[불굴의 권능]이 당신을 새 주인으로 인정합니다.

―[불굴의 권능]이 당신의 스킬이 되었습니다.

[불굴의 권능]

―등급: 권능(Power)

―숙련도: 연습 랭크

―효과: 정신에 영향을 끼치는 스킬로부터 저항력을 얻게 된다.

시스템 메시지를 본 나는 그 자리에서 굳어버렸다. 이 권능이 누구 것인지 직감적으로 알아차렸기 때문이다.

크루세이더 군단장, 야코프 체렌코프가 자기한테도 권능급 스킬이 있다고 자랑했었지. 그런데도 이런 치열한 전투에서 그 강력한 스킬을 사용하는 모습을 보여주지는 않았다.

왜?

쓰지 않았던 게 아니라, 원래 그럴 때 쓰는 권능이 아니었던 거지.

나는 자연스럽게 [불굴의 권능]의 원래 주인이 야코프였을 거라고 추측해 낼 수 있었다. 정답일지 어떨지는 모르지만 적어도 앞뒤는 맞다.

그리고 브뤼스만이 무리를 해서라도 야코프를 죽이려고 했던 이유도 이걸로 설명이 된다.

[불굴의 권능]을 지닌 야코프에겐 무슨 짓을 해도 [지배의 권능]이 통하지 않으니, 그 존재 자체가 꽤 거슬렸을 거다. 이 김에 악마를 이용해 한꺼번에 처리하려고 했다는 가설은 그럭저럭 설득력이 있어 보였다.

나는 긴 한숨을 내쉬었다. 담배라도 피우고 싶은 기분이었다.

내게 권능이 넘어왔다는 건 많은 것을 시사한다. 만약 권능의 주인이 부활 수단을 갖고 있었다면 권능이 다른 주인을 찾아오지도 않았을 것이다. 즉, 이 현상은 야코프 체렌코프가 완전히 사망했음을 가리킨다. 그것 외에도 시사하는 바가 많지만······.

"···안젤라."

나는 다시 레벨 업 마스터를 꺼내 안젤라에게 전화를 걸었다.

ㅡ네, 선배. 무슨 일이에요?

"테스카 좀 바꿔봐."

나는 테스카에게 그녀의 부활 스킬로 시체가 남지 않은 자를 부활시킬 수 있는지에 대해 물어보았다. 불가능하다는 대답이 돌아왔다. 마지막 남은 희망이 끊긴 셈이다.

"오로블주, 오로블주……."

나는 이 상황을 초래한 원흉의 이름을 입안에 굴렸다. 주체할 수 없을 정도의 분노가 치밀어 올랐다.

그러나 놈을 가만 안 두겠다고 하기엔 상황이 너무 안 좋았다.

오로블주가 장악한 악마 함대에는 아직 전함이 네 대나 남았다. 그리고 크루세이더가 전멸한 지금은 그 전함이 비토리야나를 향할 가능성이 굉장히 높았다. 비토리야나 옆에 있으면 나도 저 무시무시한 자폭에 휘말릴 가능성이 굉장히 컸다.

…도망칠까?

"아니, 그건 아니지."

다행히 내겐 [1UP 코인]이 조금 남아 있다. 목숨 하나 쓰는 거 정도야 치명적이라 할 수 없지. 아니, 물론 목숨을 하나 잃을 테니 단어의 의미대로 치명적이야 할 테지만.

"죽을 땐 죽더라도, 최소한 놈에게 칼침 한 방은 놔줘야겠어."

나는 결심했다.

*　　　*　　　*

"이진혁 님! 무사하셨군요. 정말 다행입니다!"

"아, 루시피엘라. 당신도 무사해서 다행이에요."

루시피엘라가 내 쪽을 향해 날아왔다.

사실 방금 전까지 루시피엘라에 대해 완전히 잊고 있었지만, 난 그러지 않은 척했다.

"그냥 루시라 불러주세요."

그러자 루시피엘라는 어느새 그녀의 입버릇처럼 된 말을 다시 한번 되풀이했다. 거참 끈질기기도 하지.

"그러고 보니 비토리야나는요?"

나는 말을 돌리기 위해 악마 여왕의 이름을 입에 올렸다.

"그 악마 여왕은 죽여도 안 죽을 걸요."

뭐, 나도 애초부터 비토리야나가 죽었을 거라고는 생각 안 했다. 난 그녀의 안위를 물은 게 아니라 순수하게 위치를 물은 거였다.

"저기서 날뛰고 있네요."

나와 루시피엘라가 비토리야나가 어디 있는지 알아차린 건 거의 같은 타이밍이었다. 싸우는 소리라고 해야 하나, 파괴하는 소리가 들렸기 때문이다. 그리고 그 파괴의 주도자는 당연하게도 악마 여왕이었다.

비토리야나는 그 작은 체구의 어디에 숨겨져 있었는지 모를 막대한 마기를 마구잡이로 휘두르며, 말 그대로 날뛰고 있었다.

"감히 내 전함을! 그게 얼마 짜린데!!"

그리고 그녀가 날뛰는 이유는 지극히 인간적이었다. 인간도 아니고 보통 악마도 아닌, 악마 여왕임에도 말이다.

비토리야나를 가로막는 악마들은 비교적 무기력하게 찢겨져 나갔다. 그녀가 분노한 탓도 있지만, 악마들도 전함의 자폭이라는 아군의 극단적인 수법에 넋이 나간 모양이었다.

그도 그럴 만하다. 아무런 전조도 없이 갑자기 자폭을 하는 바람에 악마 절반 이상이 폭발에 휩쓸려 나갔으니. 쿠데타에 동조한 악마들의 입장에서 보기에도 이번 일이 황당하긴 마찬가지일 터였다.

비토리야나가 날뛰는데 내가 가만히 있을 수는 없었다. 비토리야나도 마음이 급해지다 보니 몇 분 전처럼 먹기 좋게 악마들을 빈사 상태로 남겨주지는 않아서 내가 알아서 챙겨먹어야 했지만, 살아남은 악마들도 자폭의 폭발에 휘말린 개체가 많아 꽤 챙겨먹을 거리가 많았다.

그러나 좋았던 시간이 그리 길게 이어지지는 않았다. 예상했던 대로, 전함 하나가 또 빠른 속도로 최전선을 향해 날아오고 있었다.

"오로블주! 이 개떡 같은!!"

비토리야나는 크게 놀라 물러나다가, 날 힐긋 보고 뭔가 각오를 굳힌 듯 비장한 표정을 지었다. 그러더니 그 자리에 서서 마기 방어막을 전개했다.

뭐야, 설마 날 보호하겠다고? 별로 그럴 필요 없는데? 그러나 그런 내 의도를 그녀에게 전달하기도 전에, 상황은 급박하게 전개되었다.

막대한 빛과 열량이 주변을 휩쓸었다.

Chapter 8

　나는 직감으로 전함이 자폭하는 타이밍을 알았기에 스킬을
사용해 전함으로부터 멀리 떨어지며 방어막을 쳤지만, 비토리
야나는 그렇지 못했다. 그녀는 정면에서 전함의 자폭 공격을
받아내야 했다.

　그래도 괜히 여왕은 아닌지, 마기를 많이 소모하기는 했지
만 다른 악마들처럼 단번에 소멸하는 일은 없었다.

　"…끄으으으윽!"

　당연히 큰 피해를 피할 수는 없었지만 말이다. 전신이 너덜
너덜해질 정도로 그 피해가 눈에 보일 정도였다.

　지금이라면 죽일 수 있지 않을까? 나는 반사적으로 생각해

버렸다. 아무리 [유혹의 권능]에 걸려서 저러는 거라고 한들 그래도 날 보호해 준 비토리야나에게 할 생각은 아니지만, 내 생존 본능은 솔직하기 그지없었다.

"무사하시군요, 서방님."

그러나 날 돌아보곤 안도한 듯 웃는 여왕의 모습에, 나는 잠시나마 그녀를 향했던 살의를 접어야 했다. 마음이 약해진 게 아니라, 마기를 끌어올려 순간적으로 완전히 회복해 버린 모습에 질린 탓이었다.

"그래, 너도. …다행이군."

나는 입발림 소리를 했다. 아니, 실제로 다행이다. 근거리 자폭으로 인해 악마들도 큰 피해를 입었지만, 이쪽도 상황이 별로 좋은 편이라고는 할 수 없었으니까. 저 빌어먹을 오로블주를 쳐 죽이려면 여왕의 힘이 필요한 게 내게 있어서의 현실이었다.

"…네!"

잠시 멍해져 있던 여왕은 확 밝아진 낯빛으로 내게 대답했다. 그 반응을 보고 나는 양심의 가책을… 느낄 리 없지. 애초에…….

아니, 지금 중요한 건 이런 게 아니다. 나는 다른 곳으로 새려는 사고를 확 꺾고 정면에 시선을 던졌다. 전투는 아직 끝나지 않았다. 다른 건 나중에 생각하고, 지금은 오로블주의 목을 따는 것만 생각하자.

"전투, 준비해."

"네, 서방님."

내 말을 듣고 여왕도 정신을 차린 듯 시선을 정면으로 돌렸다.

*   *   *

하늘이 깨끗해졌다. 여왕을 제외한 모든 악마들이 자폭에 휩쓸려 죽어버렸기 때문이다.

아까운 경험치를 다 날려 버렸다는 생각은 들지 않았다. 그런 긴장 풀린 소릴 하기엔 상황이 별로 유리하질 못했다.

오로블주에겐 아직 세 척의 전함이 남아 있었다. 저걸 모조리 자폭시킨다면 아무리 비토리야나라 해도 버티고 있기는 힘들 터였다. 게다가 자폭에 휘말려 죽은 악마들도 지금쯤 전함에서 부활했을 테니 전황은 매우 불리하다고 보는 게 맞았다.

"…이로써 상황이 정리되었군. 여왕."

그런데 오로블주가 갑자기 전함에서 나오더니 비토리야나에게 말을 거는 게 아닌가? 상황이 좀 요상하게 돌아가는데. 뭐지? 뭐 하자는 수작이지?

나는 놈에게 당장이라도 달려들어 그 목을 뽑아버리고 싶은 충동을 참아내며, 상황을 파악하기 위해 냉정을 되찾으려 애썼다.

"이게 전부 당신이 그분의 명령에 따르지 않아서 생긴 일이다. 얌전히 명령에나 따랐으면 좋았을 것을."

"…승리를 확신하는 모양이로군, 오로블주."

비토리야나가 분한 듯 말했다. 하긴 그럴 만도 했다. 비토리야나는 전함의 자폭에서 살아남는 데 마기를 너무 많이 써서, 오로블주보다도 그 기운이 약해져 있으니까.

"승리? 그런 건 중요하지 않다. 나는 그저 그분께 쓰임 받을 뿐. 소용을 다하는 것만이 나의 기쁨. 작은 승리에 연연할 리가 없지."

오로블주는 비토리야나를 비웃었다.

"내 귀한 전함을 두 대나 터뜨린 게 놈의 명령 때문이냐!"

가벼운 도발이었으나, 지금의 비토리야나를 격분시키는 데는 충분했는지 그녀의 목소리가 거칠어졌다. 오로블주는 조용히 고개를 저었다.

"아니, 그건 그저 필요했기에 이용했을 따름이다. 이 상황을 만들어내기 위해서."

"뭐……?"

"그대의 패배감, 그리고 상실감. 조건은 만족되었다. 여왕!"

나는 직감적으로 즉각 [현묘한 간파]를 켰다. 그리고 오로블주가 무엇을 하려는지 알게 되었다. 오로블주는 지금 비토리야나에게 [지배의 권능]을 사용하려 하고 있었다.

[지배의 권능]은 브뤼스만의 권능 아니었어? 다른 사람에게 나눠줄 수도 있는 거였나? 하지만 나는 곧 진상을 깨닫게 되었다. 시스템 메시지로 보이는 [지배의 권능]의 주체는 여전히 브뤼스만이었다.

이런 게 어떻게 가능한 거지?!

"성공, 성공했습니다! 주인님!! 이 오로블주가, 드디어어어 억!?"

오로블주의 목소리가 뒤집어졌다. 그의 몸이 거꾸로 뒤집어져 있었다. 휘릭휘릭. 아니, 돌고 있었다. 마치 수챗구 멍에 빠지는 물처럼, 소용돌이치고 있었다. 이윽고 그 거대했던 악마 대공의 모습이 흔적도 없이 사라져 버리고 말았다.

"…과연, 그런 거로군."

오로블주가 방금 했던 짓은 자신에게 걸려 있던 [지배의 권능]을 비토리야나에게 전이시킨 거였다. 그리고 그 과정에서 오로블주의 존재를 희생물로 사용한 거고.

수법이 악독하기 그지없다. 괜히 악마보다 더 악마 같은 자라는 별명이 붙은 게 아니다.

"윽! 으으윽……!"

오로블주를 희생물로 삼은 [지배의 권능]에 제대로 걸려든 비토리야나는 괴로운 듯 허공에서 비틀대고 있었다. 저거 본 적 있다. 나한테 [유혹의 권능] 맞았을 때도 저랬으니까. 아마 권능에 저항하고 있는 거겠지.

그리고 아마 그 저항은 무의미한 것으로 남을 터였다.

"서, 서방님……! 도망치세요!!"

비토리야나가 비통하게 외쳤다. 그게 아마 그녀의 마지막 저항일 터였다. 그런데 나더러 도망가라고? 브뤼스만이 무슨 명령을 내렸기에?

"알았다."

자세한 걸 물어볼 여유 같은 건 없어 보였기에, 나는 망설임 없이 고개를 끄덕이고 즉시 스킬을 발동시켰다.

자, 도망치자!

* * *

그렇게 나는 도망왔다.

"어훅, 어후우."

과거로 말이다.

"아슬아슬, 했군."

아슬아슬했다는 건 [선험] 스킬을 거둬 시점을 되감는 걸 말하는 게 아니다. [선험] 스킬의 쿨이 도는 게 아슬아슬했다는 의미였다.

쿨이 다 돈 게 딱 악마 전함이 두 번째로 자폭했을 때의 일이니. 그때는 별 생각 없이 쿨 돌았길래 스킬을 발동시킨 거였는데, 그게 신의 한 수가 될 줄이야.

그건 그렇고 어지럽다.

내가 [선험] 스킬로 시점을 되감는 건 이번이 두 번째다. 고작 두 번째로 시간 멀미에 익숙해질 거라 생각하진 않았지만, 그래도 어지럼증이 조금도 덜어지지 않을 줄은 몰랐다. 그래도 조금은 내성이 붙을 거라고 생각했는데. 랭크도 올렸으니까.

하지만 랭크를 올림으로써 얻은 건 신성 소모가 조금 더 효율적이 된 것 외에는 없는 모양이었다.

하긴 연습 랭크에서 F랭크로 올린 건데 획기적인 변화가 있으면 그게 더 놀랄 일이긴 하지. 나는 뒤늦게 현실을 받아들였다.

아니, 이러고 있을 때가 아니지. 나는 정면을 바라보았다. 다행히 어지럼증의 지속 시간이 그렇게 길지는 않아서, 타이밍이 그렇게까지 늦은 것 같지는 않았다.

오로블주는 지금 막 전함에서 기어 나오고 있었다. 내가 [선험] 스킬을 발동한 게 전함의 자폭이 끝난 직후이니, 시간 멀미의 지속 시간은 1분 전후 정도라는 소리가 되는군.

나는 살금살금 전진해 비토리야나와의 거리를 좁혔다. 루시피엘라가 이채를 띤 시선으로 날 바라보았지만 난 신경 쓰지 않았다.

[선험] 때 들었던 대화가 그대로 이어졌다. 나는 긴장을 늦추지 않고 타이밍을 쟀다가, 정확한 타이밍에 [에이스의 곡예비행] S랭크 옵션을 사용해 비토리야나의 앞을 가로막는 형태로 순간 이동 했다.

"···조건은 만족되었다. 여와아아앙?!"

자신의 존재를 제물로 [지배의 권능]을 발동시킨 오로블주가 갑작스럽게 끼어든 변수에 놀라 목소리를 뒤집는 게 흥미로웠다.

어쨌든 됐다. 타이밍이 맞았다. [지배의 권능]은 내가 대신맞았다!

"크헉!"

과연, 이런 거로군. 이게 [지배의 권능]인가? 세상에, 너무나도 강력하다! 심지어 나는 권능의 발동 조건인 패배감과 상실감, 둘 중 그 어느 것도 만족하지 않았는데도 말이다!

"하지만······!"

나는 어떤 크루세이더의 권능이었던 스킬을 발동했다.

[불굴의 권능]

권능의 힘에 의해 [지배의 권능]의 효과가 가시는 것이 느껴졌다. 그러나 완벽하지는 않다. 나는 완전히 브뤼스만의 지배력을 떨쳐낼 수는 없었다. 내 [불굴의 권능]은 아직 연습 랭크였으니 어쩔 수 없는 일이리라.

그렇다고 절망할 필요는 없다.

[차단]

나머지는 내 스스로 해결하면 될 일이니.

[유혹의 권능]보다 랭크가 높아서 [차단]도 여러 번 정도 사용해야 했지만, 사용할 때마다 랭크를 낮추는 [차단]의 강화 보너스 덕에 성공적으로 풀어낼 수 있었다.

"으아아아압! 내, 내가아아아아악?!"

자신의 존재를 걸고 시전한 권능이 그대로 묵살되어 버리는 것을 보며, 오로블주는 억울함과 비통함이 가득 담긴 비명을 내질렀다.

"네게는 칼침을 하나 박아주기로 했었지!"

나는 오로블주를 향해 [바즈라다라의 바즈라]를 던졌다.

퐈르릉!

뇌전의 궤적을 그리며 바즈라는 날아갔다. 그냥 던진 것도 아니고, [항마의 칼날]을 켠 채로 [항마의 뇌명]을 쓴 스페셜 버전이다! 어차피 소멸할 놈이지만, 마무리 한 발 정도는 먹여

줘도 괜찮겠지!

퍼억!

뇌전을 띤 칼날이 놈의 이마를 꿰뚫었다.

"컥, 끼아악, 끄루러어러러러럭!!"

이미 한 번 목격했던 것처럼, 오로블주는 화장실 변기 물에 휩쓸려 내려가는 것처럼 소용돌이치더니 그대로 사라져 버렸다.

휘리릭. 탁.

오로블주의 미간에 꽂혀 있던 [바즈라다라의 바즈라]는 소용돌이에 휩쓸리지 않고 내 손으로 돌아왔지만 말이다.

―레벨 업!

―레벨 업!

―레벨 업!

―레벨 업!

오, 경험치도 주네. 내가 처치한 걸로 처리해 주는 건가? 대공급씩이나 되어서 그런지 꽤 많은 경험치가 들어왔다. 선멸자는 히든 직업이라 그런지 3차 직업인 신살자보다도 레벨 업에 많은 경험치를 요구하는데, 그럼에도 불구하고 4레벨이나 올랐다.

하지만 이상하게 별로 기쁘지는 않았다.

"후우……."

아니, 기뻐해야 할 일이다.

본래대로라면 날 토벌하기 위해 찾아온 크루세이더 군단을 상대로도 살아남았고, 오로블주가 장악했던 악마 함대도 쿠데타의 수장을 살해함으로써 그 전력을 크게 깎았다. 그리고 악마 여왕은 내게 유혹당해 더 이상 내게 해를 끼칠 마음이 없어 보였다.

절망적인 상황에서 살아남았다. 기뻐해야 할 일이다. 기뻐하자.

"와."

그래서 나는 기뻐했다.

"…서, 서방님?"

한참 생각에 잠겨 있으려니, 비토리야나가 나를 부르는 목소리가 들렸다.

고개를 들어보니 비토리야나가 날 멍하니 바라보고 있었다. 표정을 보아하니 뭔가 단단히 오해한 모양이로군. 딱 잘라서 한마디 해줘야겠어.

"착각하지 마. 별로 널 위해 한 일이 아니니까."

"하지만……."

비토리야나의 눈이 그렁그렁한 게 지금이라도 눈물을 떨어뜨릴 것 같았다. 감격이라도 한 건가? 난 그저 내가 살아남고 싶어서 저질렀던 것뿐인데.

그거야 뭐, 아무래도 좋은 일이디.

"그보다 저거, 어떻게 하는 게 낫지 않겠어?"

오로블주가 죽고 나니 악마 전함들이 균형을 잃고 천천히 지면을 향해 떨어지고 있었다. 그 장면을 보며 비토리야나는 비명을 한차례 꽥 지르더니 급하게 전함을 향해 날아갔다.

"서방님! 저 잠시만! 잠시만요!!"

그러면서도 마지막까지 내 안색을 살피며 그런 소릴 남겼다.

나는 그런 비토리야나의 뒷모습을 바라보면서 생각했다.

"흠."

이 틈을 타서 도망치는 게 낫지 않을까? 아무리 비토리야나라도 안젤라의 고유 특성을 뚫고 날 찾진 못할 텐데.

방심해선 안 된다. 상대는 악마 여왕이다. 내가 경험치 쓸어먹고 레벨 업을 해서 좀 강해지긴 했어도, 저 여자가 여전히 나보다 강하다.

게다가 비토리야나는 지금 [유혹의 권능] 때문에 날 따르는 것뿐이라는 걸 잊어선 안 된다. 우리 편이 된 게 아니다! 잘못해서 권능이 풀렸다간 당장 날 죽이려고 들겠지.

좋아, 도망가자.

"이진혁 님?"

그때, 루시피엘라가 내게 말을 걸었다. 아, 맞다. 이 타천사도 있었지.

"쉿. 목소리 낮추고. 루시피엘라, 이쪽으로."

"루시라고……."

"쉿. 쉿."

사실 루시피엘라의 목소리는 이미 충분히 낮아져 있었지만, 나는 굳이 그녀의 입을 다물게 만들었다.

그리고 인벤토리에서 전화기… 가 아니라, 레벨 업 마스터를 꺼내 들었다. 안젤라의 고유 특성은 성능이 너무 좋아서, 나도 연락 없이 그녀를 찾아낼 자신이 없었기 때문이었다.

*　　　*　　　*

"흠."

브뤼스만은 미간을 찌푸렸다.

"역시 악마는 쓸모없군."

그는 방금 오로블주의 소멸을 감지했다. 그것도 다른 누군가에게 [지배의 권능]을 넘겨주려다 실패한 소멸이었다.

그 상대가 누구인 것까지는 모르나, 매우 높은 확률로 악마 여왕 비토리아나일 터였다. 여왕을 상대로 권능 발동 조건을 만족했을 때만 그 능력을 쓰라고 오로블주에게 미리 명령을 내렸으니 말이다.

"그런데 비토리야나에게 권능에 서항알 능력이 있었던가?"

브뤼스만은 비토리야나를 잘 안다. 비록 여왕 본인을 권능으로 지배하지는 못했으나, 약점을 잡고 휘두르는 것은 가능했다. 그 덕에 그녀는 이제까지 그의 장기 말로 잘 활용되어 왔다.

오로블주를 비롯한 끄나풀도 지속적으로 여왕의 소식을 전해왔고 말이다. 여왕이 직접 신 가나안에 친정을 행할 셈이었다는 것을 사전에 알아낸 것도 끄나풀 덕이었다.

이미 성장이 정체된 여왕이다. 그녀가 브뤼스만이 모르는 방법으로 [지배의 권능]에 저항할 다른 경우의 수는 없다시피 했다.

"야코프의 [불굴의 권능]을 얻어서 저항한 건가."

이것 하나만 제외하고 말이다.

악마 여왕이 크루세이더를 싫어하는 건 고양이가 물을 싫어함과 같다. 아무리 그녀가 다른 마음을 품었다 한들, 크루세이더가 시야에 들어온 이상 공격하지 않을 수 없었으리라.

악마 함대까지 끌고 간 대공세다. 여왕이 크루세이더를 소멸시키는 건 당연한 수순이었다. 여왕이 전장에 직접 나서서 야코프를 자신의 손으로 죽이는 광경이 머릿속에 잘 그려지지는 않지만, 아예 일어나지 않을 일이라고 하기는 힘들었다.

"그렇다면 여왕이 야코프를 비롯한 크루세이더 12군단을 소멸시켰다고 봐도 되겠군."

모든 것이 완벽하게 돌아가지는 않았으나, 그래도 성과는 있었다고 봐야 할 성 싶었다.

원래 이번 계획은 백작 셋과 크루세이더 12군단, 그리고 이진혁이 삼파전을 벌이는 구도로 잡아놨었다. 그런데 크루세이더와 이진혁이 붙어먹더니, 여왕이 갑자기 자기 함대를 끌고 신 가나안으로 가는 예상외의 사태가 계속해서 벌어졌다.

그럼에도 불구하고 결과적으로는 브뤼스만이 원하는 대로 되었다. 비록 꽤 유용한 말이었던 오로블주를 잃었고, 여왕을 지배하는 데도 실패했지만 그건 원래 계획에도 없던 일이다.

대단히 만족스럽지는 않지만 계획대로는 되었다. 미리 준비했던 다음 수를 두는 데에는 큰 문제가 없어 보였다.

"그래도 확실한 게 낫겠지."

이번 계획의 진행 자체가 워낙 예상외의 요소가 많았던 일인지라, 혹시 모를 변수가 또 자신의 계획을 망쳐놓을 가능성이 전혀 없지는 않다고 브뤼스만은 생각했다. 그러니 이쯤에서 불안정한 요소를 다시금 확인할 필요가 있었다.

마침 그것을 위한 도구도 손에 넣었고 말이다.

브뤼스만은 옆으로 눈을 돌렸다. 그곳에는 바닥의 먼지를 씹으며 나뒹굴고 있는 가자크의 모습이 있었다.

"으극, 으윽, 크으윽, 우으으윽."

입에서 거품을 뿜어내며 벌레처럼 꿈틀거리는 카자크의 모습에, 브뤼스만은 가학적인 미소를 지으며 말했다.

"대가 없는 힘이 어디 있겠는가? 어느 정도의 부작용을 감당할 각오는 되어 있었어야지."

"말씀, 대로, 입니, 우그극."

"후후후."

브뤼스만은 낮게 웃곤 앉아 있던 낡은 소파에서 일어났다.

"일어나라."

브뤼스만의 명령에 따라 카자크도 간신히 몸을 일으켜 선자세를 취했다. 여전히 혈관 여기저기가 부풀어 오르고, 근육이 멋대로 꿈틀거리고 있었지만 [지배의 권능]은 그로 하여금 고통보다 주인의 명령을 우선시하게 했다.

"좋은 때에 훌륭한 말을 손에 넣어서 기분이 좋군."

"영광, 입니다."

부그르륵. 대답을 마저 다하지 못하고 거품이 입가에 새어 나왔다. 그 모습을 보며 브뤼스만은 다시 웃었다.

"크큭. 그래, 인스펙터. 아니, 구 인스펙터라 해야 하려나. 어쨌든 카자크. 네 본업과 맞닿은 임무에 임해줘야겠다. 이번에는 교단을 위해서도 아니고, 죽은 신들의 사회를 위해서도 아닌, 날 위해서 말이야."

*　　　*　　　*

나는 일단 안젤라와 합류했다. 루시피엘라도 함께였다.

"선배! 그 여자 누구예요?!"

합류하자마자 안젤라가 외쳤다. 음, 그러고 보니 나도 루시피엘라에 대해선 잘 모른다. 자세한 사정은 전투가 끝나고 나서 말한다고 하기도 했고. 그러므로 내가 할 말은 이거였다.

"루시피엘라, 자기소개 하시죠."

"다시 루시라고 불러주시면요."

"…루시."

"네."

루시피엘라는 활짝 웃었다. 그러자 안젤라의 표정이 구겨졌다. 두 사람의 표정이 대비되어 참 재미있었다.

"저는 루시피엘라라고 합니다. 타천사고요. 그리고… 안젤라 씨는 절 모르시겠지만, 전 안젤라 씨를 잘 압니다.

아니, 자기소개를 하다 말고 이게 무슨 소리래. 안젤라도 당황한 것 같았다.

"그게 무슨……."

"저는 원래 교단 소속이었거든요. 아니, 교단 소속이라는 말에는 조금 어폐가 있군요. 과서에 설 부려먹었던 브뤼스만 라이언폴드는 이제 정확히는 교단 소속이 아니니까요."

브뤼스만 라이언폴드. 여러 번 보고 들은 이름이다. 크루세이더 군단장인 야코프의 입에서 듣기도 했고, 악마 여왕 비토리아나의 입에서도 나온 이름이었지. 하지만 그보다도 내가 그 이름을 인지한 건 [지배의 권능] 때문이었다.

그는 [지배의 권능]의 주인이다.

"하지만 루시피엘라. 당신에게 [지배의 권능]은 걸려 있지 않은 것 같은데요."

이제까지 몇 번 맞닥뜨렸던 브뤼스만의 끄나풀에게는 대체로 [지배의 권능]이 걸려 있는 상태였다. 여기 이 자리에 있는 케이나 테스카도 마찬가지였고.

"네, 브뤼스만은 제게 [지배의 권능]을 걸지는 않았습니다. …그럴 필요가 없었거든요."

"그게 루시피엘라가 제게 원하는 거랑 연결되어 있는 겁니까?"

"루시라고 불러주시면……. …네, 맞아요."

농담처럼 평소 입버릇을 덧붙이려다가, 결국 나오는 한숨을 참지 못하고 루시피엘라는 내게 그렇게 대답했다.

"제겐 약점이 있고, 브뤼스만은 그걸 휘어잡았죠. 그렇다고 [지배의 권능]에 걸리지 않은 저를 곁에 두기엔 껄끄러웠는지 만마전의 악마 여왕 비토리아나 에르제베트의 휘하에 파견하긴 했지만요."

루시퍼엘라 본인은 담담히 말했지만, 듣는 입장에서는 놀라운 이야기였다. 가치 있는 이야기이기도 했고.

교단에 강한 입김을 지닌 구 정치인 출신의 브뤼스만이 만마전의 악마 여왕과 연결 고리를 지니고 있다니. 이건 큰 반향을 일으킬 이슈가 될 거다. 제대로 된 채널로 내보낼 수만 있다면 말이지만.

"제 주된 임무는 브뤼스만과 비토리야나 사이의 메신저였어요. 이미 아실런지 모르겠지만, 사실 비토리야나 에르제베트도 저와 비슷한 처지예요. 약점 하나를 잡혔고, 그것 때문에 브뤼스만의 말에 따라 움직였죠."

예상 가능한 이야기이기는 했으나, 확실한 증인이 있고 없는 건 천양지차다.

"하지만 이번에는 비토리야나가 브뤼스만을 배반했지요."

"뭐, 저도 그렇지만요."

루시퍼엘라의 눈동자가 뜨겁게 달아올랐다.

"이진혁 님의 존재가 저로 하여금, 그리고 그 악마 여왕으로 하여금 브뤼스만을 배신할 이유와 강력한 동기부여가 된 거예요."

나는 한숨을 내쉬었다.

"가능성이 존재한다고 했던가요?"

"네. 가능성."

단순한 가능성일 뿐. 그러나 루시퍼엘라는 단호히 선언했다.

"동기로써는 충분하죠."

브뤼스만을 배신할 동기로써는.

"그럼 이번에야말로 자세한 이야기를 들을 수 있을까요? 대체 나한테 어떤 기대를 품고 있는 건지에 대해서."

*   *   *

루시퍼엘라의 이야기를 간략하게 줄이면 다음과 같다.

"이진혁 님께서는 신이 되실 수 있습니다."

그녀의 이야기가 아주 황당무계한 것만은 아니었다. 나를 섬기는 신자의 숫자가 늘어나면서 이진혁교는 정식 종교가 되었다. 신자만 있다고 신이 되는 것은 아니지만, 그들로부터 얻은 신성으로 나는 자격을 갖췄고 넥타르를 마셔 신성의 격도 명백한 신성까지 올랐다.

이대로 계속 신자가 늘고, 신성이 쌓이고, 신성의 격이 오르면 그 끝은 어디일까? 그 답은 자연스럽게 신이 될 수밖에 없다.

"아무나 신이 될 수 있는 건 아닙니다. 모든 존재에게는 한계가 있으니까요. 그저 칼을 오래 휘두르기만 한다고 절세의 검법을 손에 넣을 수 없듯, 주먹을 오래 뻗는다고 절세의 권법을 손에 넣을 수 없듯, 그저 신자를 모으고 신성을 모으는 것만으로는 신이 될 수 없습니다."

하지만 나는 가능하다.

루시피엘라가 그렇게 말했다.

"이진혁 님께서는 한계를 돌파하실 수 있으니까요."

내 고유 특성, 한계돌파. 중요한 것은 '고유' 쪽이다. 한계돌파라는 특성을 가지고 있는 건 이 세계에서, 적어도 플레이어 중에서는 나뿐이라는 의미를 담고 있으니.

"루시피엘라의 소원이라는 걸 이루기 위해서는 제가 신이 될 필요가 있는 겁니까?"

"네."

루시피엘라는 단호히 말했다.

"왜 그런 겁니까?"

"그걸 설명하기 위해서는 제 소원에 대해 먼저 말씀드려야 합니다."

루시피엘라는 하나밖에 존재하지 않는 잿빛 날개를 펼쳤다.

"이미 말씀드린 대로 저는 타천사입니다. 천사는 신을 섬기는 존재고 신의 명령에 따라 움직이는 존재죠. 그에 비해 타천사는 신의 명령을 거부한 존재고, 그로 인해 타락한 존재로 낙인찍힌 존재입니다."

그녀의 목소리에 기이한 열기가 깃들었다.

"그런데 어느 날, 신이 죽었습니다. 제가 섬기던 신이요, 저를 창조한 신이지요. 저는 영원한 죄인으로 남았고, 제 죄는 영원히 사해질 일 없이 남았습니다. 그렇기에 제게는 무한한 세월을 타락한 채 살아가는 길밖에 남지 않았습니다."

이어질 이야기가 짐작되었지만, 나는 굳이 입을 열지 않고 잠자코 루시피엘라의 이어질 말을 기다렸다.

"이 저주를 푸는 방법은 단 하나, 새로운 주인을 섬겨 새로이 천사가 되는 것뿐이지요."

새로운 주인.

즉, 새로운 신.

"그리고 제 좁은 식견으로 그 가능성이 있는 것은 오직 한 분, 이진혁 님뿐이십니다."

나는 그녀의 이야기를 들으며 악마 여왕 비토리아나 에르제베트의 이야기를 떠올렸다. 그녀 또한 나를 통해 악마의 한계, 존재 이유를 극복하고자 했다.

더 자세한 이야기를 듣기 전에 내가 고개를 세 번 끄덕여 [유혹의 권능] 발동 조건을 만족시키는 바람에 어떻게 그런 게 가능한지는 모르지만, 아마도 그 방법 또한 같을 것이다.

천사와 악마는 맡은 바 임무만 갈렸을 뿐인, 본질적으로는 같은 존재라 했으니까.

물론 비토리야나가 그저 내 고개를 세 번 끄덕이게 만들기 위해 루시피엘라의 이야기를 자기 사정에 맞춰 끌어다 썼을 경우의 수를 완전히 배제할 수는 없지만 말이다.

"앞뒤는 맞네요."

내가 납득하고 고개를 끄덕이자, 루시피엘라는 배시시 웃으며 말했다.

"제 말을 믿으시지 않으셔도 좋습니다. 무엇이든 할 테니 그저 곁에 놔둬만 주세요. 그리고……."

그리고, 뭐? 또 루시라 불러달라고 하려고 그러나? 그러나 그런 내 예상은 틀렸다.

"부디 말씀 낮춰주세요. 이진혁 님께서는 제 유일한 희망이자 가능성, 그리고 제 소원이 이뤄졌을 경우 제 주인이 되실 분이니까요."

루시라 불러주시면 더 좋고요, 라고 덧붙이는 걸 잊지는 않았다는 점이 루시피엘라다웠다.

*　　　　*　　　　*

"그러고 보니 키르드. 키르드, 어디 있어?"

그러고 보니 키르드를 먼저 봤어야 했다. 죽었는지 살았는지도 모르는데. 아니, 테스카가 되살렸다는 소리는 들었지만 그래도 내가 눈으로 보고 확인을 해야지.

처음 생각으론 루시피엘라한테 자기소개만 시킬 셈이었는데 이상하게 이야기가 길어졌다. 안젤라가 너무 다이나믹하게 루시피엘라의 정체를 묻는 바람에 그만.

"여, 여기 있습니다. 로드."

게다가 키르드도 그동안 테스카 뒤에 숨어서 내 시선을 피하고 있었다. 저러는 걸 보니 자기도 찔리는 게 있는 모양이지.

"흐……."

…뭐, 알았으면 됐다. 나는 이빨 사이로 한숨을 물어 부순 후, 양손으로 키르드의 머리를 쥐고 머리카락을 마구 헝클어 줬다.

"야, 야, 야."

"웃, 네, 넵."

이 녀석, 머리카락 부드럽네. 다음에 꼬투릴 잡아서 다시 헝클어줄까? 그런 생각을 애써 잠재우며, 나는 대범한 척 말했다.

"다신 그러지 마라."

나는 이걸로 끝낼 셈이었다.

그런데 키르드는 아니었던지, 주저주저하면서도 의지를 담은 눈동자로 입을 열었다.

"그, 그치만……."

어쭈?

"그치만?"

"저도 로드께 보탬이 되고 싶었습니다!"

아오.

마침 잘됐다. 나는 다시 키르드의 머리카락을 헝클었다.

"웃, 웃, 웃, 웃."

이번엔 좀 세게 해서 키르드의 신음 소리가 조금 더 커졌다. 그러는 키르드를 보곤 나는 픽 웃었다.

"아무리 그렇다고 네 목숨을 걸어서야 되겠냐?"

"그치만… 목숨을 걸고서야 간신히 로드의 도움이 된 걸요."

그치만, 그치만. 거참 말대꾸 오지게 박네. 그래도 내 시선을 피하며 우물우물거리는 게 귀엽다. 나는 픽 웃어버리고 말았다.

"목숨을 안 걸어도 될 정도로 더 강해지면 되잖아. 강해질 수단이 없는 것도 아니고."

아직 어린애가 뭐가 그리 급한지 모르겠다.

아니, 어린애라 그런가.

나도 어릴 땐 빨리 어른이 되고 싶었지. 어른이 되고나면 혼자서 자립할 수 있을 줄 알았으니까. 그게 쉽지 않아서 꽤 고생했지만 말이다.

아무튼 나도 그랬다 보니 키르드의 마음은 어느 정도 이해가 갔다. 그래도 말이다, 나는 천애 고아였지만 넌 나라는 뒷

배가 있잖냐? 그런 말을 꺼내지는 않았다. 왠지 낯부끄럽기도 하고, 좀 꼰대처럼 보일 것도 같으니까. 게다가 인간은 늘 자기가 제일 힘든 법이지.

"으휴."

나는 긴 말을 그냥 꿀꺽 삼키고 트림처럼 한숨을 내뱉은 후, 한 손으로 키르드의 머리를 붙잡고 흔들어주었다. 어쨌든 키르드의 희생으로 어려울 싸움을 더 쉽게 풀어낸 건 사실이었다.

"…고맙다. 그래도 이제 그러지 마라. 걱정하잖아."

그러자 키르드의 큰 눈에서 굵은 눈물이 뚝뚝 떨어지기 시작했다. 하긴 제 딴엔 목숨까지 바쳐가며 날 도왔는데 돌아온 건 타박이니 서러울 만도 하지.

이래서야 어쩔 수 없군. 나는 키르드의 머리를 내 배에 박아주었다. 눈물이랑 콧물이 좀 묻겠지만 뭐, 내가 감수해야지.

"…저 여기 오길 잘한 거 같아요."

그러고 있으려니 조용히 있던 루시피엘라가 안젤라에게 갑자기 속닥였다. 아니, 그게 무슨 뜻이지? 안젤라도 열심히 고개를 끄덕였다. 저건 또 무슨 뜻이지?

하지만 물어봐선 안 될 것 같아, 나는 그냥 못 들은 척했다.

        *   *   *

악마 여왕 비토리야나는 아주 바빴다. 오로블주가 쿠데타로 점령한 악마 함대의 기함을 재점령하고, 제어권을 되찾고, 살아남은 배신자들을 모조리 처형해야 했기 때문이다. 물론 처형한 악마 군주들은 비토리야나의 위장 속으로 들어가 그녀의 힘이 되었다.

비토리야나는 이 세계에 함대를 끌고 오면서 대부분의 가용 전력을 동원했기 때문에, 이번 일로 인해 그녀가 본 손해는 그야말로 막대했다. 그녀의 세력 자체가 와해되어 버렸다고 보는 것이 맞았다. 이제는 만마전으로 돌아가도 그녀가 있을 자리는 없으리라.

하지만 비토리야나는 별로 아쉽게 생각하지 않았다. 다른 악마 왕들과의 세력 다툼에는 이미 질린 바였다. 교단이 패권을 가져간 큰 세력 구도에서 만마전에서의 싸움은 그저 동네 건달들의 다툼과 크게 다를 바가 없었다.

더욱이 비토리야나는 고대 악마였다. 태어나면서부터 아귀다툼에 익숙해져 있던 현대 악마들과는 생각하는 바가 달랐다. 세력을 키워 호령하는 것에 집착하지 않았다.

그보다는 오랜 소원을, 이루는 것이 불가능하리라 여겨졌던 꿈을 현실로 끌어오는 것이야말로 그녀에게 있어서는 다른 그 어떤 일보다도 훨씬 중요하고 우선시해야 하는 것이었다.

그런데…….

"서방님! 어디 가셨어요, 서방님!!"

그녀의 유일한 희망이 어딜 갔는지 보이지 않는다.

비토리야나도 이진혁이 슬쩍 자리를 피하는 걸 모르지는 않았다. 그래도 그냥 자신의 일을 우선시한 건 이진혁이 아무리 멀리 도망가도 찾아낼 자신이 있었기 때문이었다.

비토리야나는 고대 악마로, 자신이 유혹하기로 점찍은 대상을 놓치는 일이 없었다. 그런 종족 특성과 능력과 스킬을 지녔다. 설령 신화급에 이른 투명화 스킬이나 은신 스킬이라 하더라도 그녀는 능히 찾아낼 수 있었다. 근거가 있는 자신감이었던 셈이다.

그러나 이번만큼은 자신감을 접어뒀어야 했다.

숙원 앞에 전함이 중요했는가? 배반한 악마들을 처분하는 게 중요했는가? 아니었다.

칠흑 같은 어둠 속의 유일한 빛, 악마 식으로 말하자면 태양열 지옥의 유일한 그림자. 그게 비토리야나에게 있어서 이진혁이었다. [유혹의 권능]에 걸린 탓도 있지만, 그게 아니더라도 절대 놓쳐선 안 되는 대상이었다.

다른 그 무엇보다 이진혁을 우선시해야 했는데, 같잖은 자신감으로 그를 내버려 뒀고 놓치고 말았다.

비토리야나는 후회했고 절망했다. 이미 놓쳤음을 암에도 그녀가 이진혁을 찾아 헤매는 건 미련 때문이었다. 그리고 혹시

나 모른다는, 희미한 희망.

그렇게 그녀가 악마 함대를 홀로 이끌고 그랑란트를 샅샅이 뒤지고 있을 때였다.

"……!"

세계의 격벽에 균열이 생긴 신호를 비토리야나는 민감하게 받아들였다. 혹시 그 균열을 통해 이진혁이 이 세계를 떠날 수도 있다는 생각에서였다. 그녀는 막대한 마기를 소모하는 단거리 워프마저 사용해 그 균열을 향해 날아갔다.

그러나 그녀가 균열에서 본 것은 꿈에도 그리던 이진혁의 모습이 아니었다. 균열을 찢고 나온 것은 교단 소속의 일개 천사였다.

비토리야나의 아름다운 미간에 주름이 졌다.

"누구냐, 넌."

그녀의 짜증 섞인 목소리는 꽤나 위압감이 있었으나, 균열을 통해 나온 자는 그런 그녀의 목소리에도 아랑곳 않고 차가운 목소리로 이렇게 고했을 뿐이었다.

"비토리야나인가. 크루세이더 12군단은 그분의 지시대로 소멸시켰는가?"

별거 아니면 함포를 쏴 소멸시켜 버리려던 생각을 품고 있었던 비토리야나는 그런 남자의 말에 생각을 바꿔야 했다.

"브뤼스만의 끄나풀이냐."

악마 여왕의 눈이 가늘어졌다. 미기기 그녀의 구변에 뵈어 오르기 시작했다. 살아 숨 쉬는 생명체라면 위압감을 느낄 수밖에 없는 상황. 하지만 남자는 잠시 입을 다물었을 뿐, 곧 아무렇지도 않은 듯 감정이 담기지 않은 평탄한 목소리로 이렇게 말했다.

"…질문에 대답해라."

필요한 만큼은 강한 녀석인가. 비토리야나는 경계 수준을 약간 올렸다. 그렇다고 이쪽에서 낮게 나갈 필요는 없다. 그녀는 판단했다.

'아니, 허세를 좀 부려볼까?'

오히려 더 세게 나가보기로 말이다.

"아직 신참이라 잘 모르는 모양이로군. 나와 브뤼스만의 관계는 협력관계지 상하 관계가 아니야. 브뤼스만이 내게 명령을 내릴 권한 같은 건 없다."

"질문에… 대답하라."

비토리야나는 이 끄나풀이 [지배의 권능]에 당한 것치고는 꽤 인내심이 깊다고 생각했다.

'지배당한 개체는 조금만 브뤼스만을 모욕해도 금방 이성을 잃고 마는데. 그 오로블주처럼.'

하지만 이 남자는 꽤 버텨내고 있었다.

'브뤼스만에게 꽤 깊은 원한이라도 품고 있었던 모양이지?'

비토리야나는 남자에게 흥미를 느꼈다.

"너는 누구냐?"

"내 이름은 카자크다. …중요하지 않다. 질문에 대답해라."

아무래도 [지배의 권능]에 당한지 얼마 되지 않은 듯, 지능과 자아가 완전히 회복되지는 않은 것 같았다. 비토리야나는 잠깐 들었던 흥미가 식는 것을 느끼며 성의 없이 대답했다.

"크루세이더 12군단은 소멸했다. 내 함대의 절반과 함께. 대답이 되었나?"

"그렇군. …직접 확인하겠다. 안내해라."

카자크는 오연히도 말했다.

'그럴 거면 왜 물어본 거야?'

비토리야나는 짜증을 느꼈다.

'그리고 안내하라니. 아까 브뤼스만과 상하 관계가 아니라고 말한 걸 못 들은 체하는 건가?'

악마 여왕을 무시하다니. 그냥 넘어갈 일은 아니다.

비록 지금은 휘하에 아무도 거느리고 있지 않아 굳이 자존심을 챙길 이유는 없지만, 자존심이란 게 어디 꼭 이유가 있어야 내세울 수 있는 건 아니지 않은가.

더욱이 지금 그녀는 이진혁을 눈앞에 뒀다 놓쳐 마음에 꽤큰 상처가 난 상태였다. 자신에게 무례를 저지른 상대를 그대로 둘 아량을 베풀 만한 마음의 여유가 없었다.

'친다!'

그래서 비토리아나는 가자크에의 공격을 결심했다.

"…그 인면독사가 내 부하 중에도 끄나풀을 만들어 심어뒀더군. 그놈 때문에 내 함대의 절반을 잃었지. 잃어도 되지 않아도 되는 전함을… 두 척이나!"

비토리아나의 말에, 카자크는 코웃음 치며 이렇게 대꾸했다.

"그분을 배신하는 건가?"

"배신은 무슨, 상하 관계가 아니라고 말했을 텐데? 더욱이… 배신을 논하자면 놈이 먼저지!"

투콰!

비토리아나의 뒤에서 대기하고 있던 악마 전함 세 척의 주포가 동시에 불을 뿜었다.

*　　　*　　　*

멀리서 포성이 들렸다.

"…뭐야?"

익숙한 포성이었다. 악마 전함의 주포가 발사되는 소리였다. 몇 번이고 들었으니 모르고 싶어도 모를 수가 없었다.

사실 나도 비토리아나가 날 찾아 함대를 이끌고 이 세계 곳곳을 돌아다니고 있다는 것 정도는 알고 있었다. 하지만 홧김에 주포를 쏴버릴 정도일 줄은 몰랐는데.

"으음?"

그게 내 착각에 불과하다는 걸 깨닫는 데는 시간이 많이 필요하지는 않았다. 포성은 계속해서 이어졌고, 그 간격은 일정했다. 감정에 치우쳐서 마음대로 아무 데나 포를 쏘는 게 아니라 전술적으로 포를 쏘고 있다는 의미였다.

게다가 포성의 사이사이에 다른 소음이 섞여 있었다.

"전투? 전투 중인가? …누구와?"

비토리야나는 악마 여왕이다. 아군은 적고 적은 많으니 누구와 싸우고 있는지 소리만 듣고 추측해 내는 데는 어려움이 있었다. 그보다는 경우의 수를 떠올리는 편이 더 나으리라.

"브뤼스만의 끄나풀일 겁니다."

내 혼잣말에 루시피엘라가 끼어들었다.

"확신할 만한 근거는 없습니다만, 정황적으로는 그럴 가능성이 높아 보입니다."

내가 루시피엘라를 바라보자, 그녀는 변명하듯 그렇게 덧붙였다. 본인은 어떻게 생각하는지 몰라도 내겐 그녀의 말을 믿지 않을 이유가 더 적었다. 적어도 나보다는 브뤼스만과 비토리야나에 대해서 잘 알 테니까, 그녀의 유추가 더 정확하리라.

"안젤라. 포성이 들린 쪽으로 움직여 보자."

"아, 네! 선배."

처음 루시피엘라를 보고 딥버늘던 기세는 어딜 간 건지, 무
슨 생각에 잠겨 멍하니 있던 안젤라는 내 말에 퍼뜩 정신을
차린 듯 급히 대답했다.

『레전드급 낙오자』 7권에 계속…

초대형 24시 만화방

신간 100%, 샤워실, 흡연실, 수면실(침대석), 커플석, 세탁기 완비

▪ 광명 광명사거리역점 ▪

경기도 광명시 오리로 986 광명사거리역 6번 출구 앞 5층
02) 2625-9940 (솔목타워 5층)

▪ 강북 노원역점 ▪

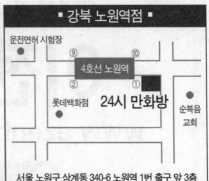

서울 노원구 상계동 340-6 노원역 1번 출구 앞 3층
02) 951-8324 (화용빌딩 3층)

▪ 일산 정발산역점 ▪

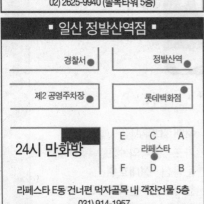

라페스타 E동 건너편 먹자골목 내 객잔건물 5층
031) 914-1957

▪ 일산 화정역점 ▪

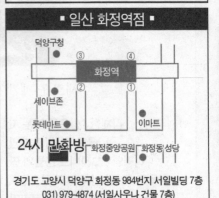

경기도 고양시 덕양구 화정동 984번지 서일빌딩 7층
031) 979-4874 (서일사우나 건물 7층)

▪ 부천 역곡역점 ▪

역곡남부역 기업은행 건물 3층
032) 665-5525

▪ 부평역점 ▪

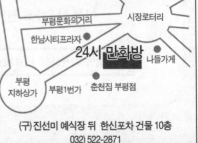

(구)진선미 예식장 뒤 한신포차 건물 10층
032) 522-2871

밥도둑 약선요리王 왕

가프 현대 판타지 소설

MODERN FANTASTIC STORY

유치원 편식 교정 요리사로 희망이 절벽인 삶을 살던
3류 출장 요리사.
압사 직전의 일상에 일대 행운이 찾아왔다.

[인류 운명 시스템으로부터 인생 반전 특별 수혜자로 당첨되었습니다.]
[운명 수정의 기회를 드립니다.]
[현자급 세 전생이 이룬 업적에서 권능을 부여합니다.]
-요리 시조의 전생으로부터 서른세 가지 신성수와 필살기 권능을 공유합니다.
-원조 대령숙수의 전생으로부터 식재료 선별과 뼈, 씨 제거법 권능을 공유합니다.
-조선 후기 명의의 전생으로부터 식치와 체질 리딩의 권능을 공유합니다.

동의보감 서른세 가지 신성수를 앞세워
요리의 역사를 다시 쓰는 약선요리왕.
천하진미인가, 천하명약인가? 치명적 클래스의 셰프가 왔다!

Book Publishing CHUNGEORAM

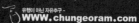

FANTASTIC ORIENTAL HEROES

와룡봉추

임영기 新무협 판타지 소설

세상천지 원하는 것을 모두 다 이룬
천하제일인 십절무황(十絶武皇).

우화등선 중, 과거 자신의 간절한 원(願)과 이어진다.

"…내가 금년 몇 살이더냐?"
"공자께선 올해 스무 살이죠."

개망나니였던 육십사 년 전으로 돌아온
화운룡(華雲龍).

멸문으로 뒤틀린 과거의 운명이 뒤바뀐다!

Book Publishing CHUNGEORAM

유행이 아닌 자유추구 -
WWW.chungeoram.com